MARIN FOUQUÉ
SAMIRA NEGROUCHE

Pente raide

ACTES SUD

À l'Auguste et Constantin.
À Ahcène Jeff.

J'combats mes démons, c'est pas du shadow boxing.

TIF

Poésie et résistance apparaissent comme les tranchants d'une même lame où l'homme inlassablement affûte sa dignité.

Jean Sénac

∀

Alors voilà
quand je dévale la pente c'est-à-dire tout à l'heure
quand je dévale la pente qui me racle les pompes
je ne sais pas où je vais, moi, et pour être honnête
je ne sais rien d'ailleurs : rien, nada, quedchi
que dalle de cette ville.

Tout ce que je sais : c'est qu'il fait chaud
que le soleil tape et que j'avance comme ça
les deux poings dans les poches
en bon chien-de-la-casse que je suis
et si j'avance comme ça, les deux poings dans les poches
c'est que j'avance toujours comme ça, moi, dans les villes
les deux poings dans les poches, c'est ma forme de stature
et si je serre les poings c'est jusqu'au sang
et c'est comme sur une gorge
mais une gorge imaginaire, tu vois
une que je planquerais bien profonde au monde
parce qu'il faut planquer son silence, je jure
il faut le planquer comme son unique trésor
il faut le planquer tant qu'on peut le faire
ça c'est une règle d'or dans les villes

mais moi
je l'ai pas bien planqué
on me l'a pris à la douane, je jure
on me l'a pris à la douane, mon silence
avec leurs costumes trop bleus et leurs airs trop sérieux
interdit dans les avions qu'ils ont dit, et j'ai fait l'innocent
interdit dans les avions qu'ils ont répété, et j'ai maté mes pompes, interdit dans les avions qu'ils ont insisté, alors j'ai dit que ce n'était pas pour m'en servir, ça non, faut pas s'inquiéter du moins pas sur les autres, c'est pour moi-même
le silence, pour me rassurer
c'est ma forme de stature
interdit dans les avions
qu'ils ont alors gueulé
et le silence
a fini
dans la boîte
alors t'aurais dû voir ça :
un beau silence impeccable
un beau silence bien correct
un beau silence comme il faut
un beau silence en forme de shlass
du genre papillon qui s'ouvre en un geste
un beau shlass papillon enfermé dans une boîte
quelle histoire de fou, je jure, et quand je jure, moi
c'est sur la tête de ma mère, sur les non-dits de mon père sur les trous de mémoire de mon grand-père et sur la tombe de mes ancêtres et tout ce que j'ai de plus cher, que je serre dans mes poches en dévalant la pente, que je serre dans mes poings comme un membre fantôme, que je serre jusqu'au sang comme pour faire contrepoids et mes pompes pèsent dix tonnes et les bagnoles me frôlent, elles remontent la rue, elles passent

les vitesses, elles remontent la rue avec sous le capot des chuchots plein la gorge et ça fait comme un souffle et ça recouvre tout, à commencer par les voix, ce sont des voix de femmes, elles reviennent de la fac, elles parlent à demi-mot, elles reviennent de la fac rassemblées par groupes de quatre, cinq, six, elles sont penchées vers l'avant pour mieux discuter de l'avenir avec, dans leurs gestes, tout le poids des pensées graves, et bientôt elles me dépassent comme elles dépassent les hommes, ils sont posés dans les cafés, ils jouent aux dominos, deux hommes assis par table et dix voûtés autour avec, dans leur dos, tout le poids suspendu des victoires, et quand l'un pose une pièce et que l'autre s'effondre ça fait comme un murmure qui glisserait de la table et, s'échouant sur le trottoir pour rouler quelques mètres, le murmure s'élance, comme pris par l'inertie, il accélère un peu pour rejoindre les arbres, des ficus centenaires aux racines éclatant le bitume, et le murmure accélère encore, il remonte à leurs troncs, il s'enroule à leurs nœuds, il s'accroche à leurs branches et gagne enfin les feuilles, des feuilles coriaces et rondes qui caressent les façades, remontant à toute blinde par les murs décrépis, bâtiments lézardés, profitant de chaque rainure, chaque nervure, chaque faille, il atteindra même bientôt les toits où des fils électriques l'attendent, entortillés qu'ils sont tout là-haut, et ça passera comme ça, d'immeuble en immeuble, et ça tutoiera le ciel en une drôle de danse et ça retombera d'un coup, sûrement un coup fatal, et ça fera comme un bruit, un bruit de corps qui tombe, c'est le poids de la chute, c'est le poids de la pente, c'est le poids dans mon dos et c'est le poids du soleil, ce foutu soleil qui nous tabasse la gueule, ce foutu soleil qui nous fout la misère, ce foutu soleil qui tape sur tout le monde et sans nulle distinction, cognant sur les femmes et les hommes et les salauds et les brutes et les bons,

alors qu'il devrait pourtant faire la différence, le soleil, je jure, perché qu'il est tout là-haut, il pourrait au moins faire cet effort, nous tabasser la gueule au prorata de nos misères, ce serait la moindre des choses, un début de justice, ah si seulement j'avais mon shlass, celui qui s'ouvre en un geste, il ferait moins le fier, et je pense à tout ça et mes mains se resserrent quand j'aperçois les mouettes qui tournoient tout là-bas, quand j'aperçois les mouettes tout au bout de la pente, quand j'aperçois les mouettes tournoyant en volutes au-dessus des containers rubéfiés de rouille qui m'attendent sur le port et la pente s'étire, elle me porte sans un mot, elle me porte sans me dire ni où je vais, ni où je suis, ni rien tout court, rien sauf cette étrange certitude dans le cœur que les pentes mènent toujours quelque part, c'est même à ça qu'elles servent les pentes dans les villes et c'est pour ça qu'on les met, pour provoquer l'avalanche des corps, le vibrato des cages, la percussion des torses, l'impact des thorax entre ceux qui les descendent et ceux qui les remontent et je pense à tout ça et mes poings se resserrent comme pour freiner ma chute, mes deux poings dans mes poches comme pour faire contrepoids quand je dévale la pente c'est-à-dire tout à l'heure, quand je dévale la pente qui me racle les pompes je veux dire : quand
je dévale la pente qui se rue et s'élance
et serpente et s'envole et s'en-
roule comme une langue
qui se jette à la mer
je veux dire :

– quand je vais à ta rencontre.

&

Alors voilà, c'est une pensée qui précède la pensée
tu ne la rattraperas pas, que cela soit dit et posé
partons de la certitude de ce qui est perdu et Point ! & Virgule !
Khlass, c'est le mot. C'est fini et ça commence là.
Avec toi, je vais devoir disséquer le silence
le prendre par tous ses bouts
ouvrir grand dévoiler sans prétention
pour moi aussi c'est précieux c'est trésor intime familial
et au-delà
je ne le déclare jamais à la douane
les hommes bleus savent autant que moi
les hommes en bleu de côté pour cette fois.
Se jeter à l'eau tu vois j'ai la chance que personne
personne me toise ou alors jamais dans un espace anonyme
ou alors on m'a tellement toisée d'une certaine façon
je ne le vois plus c'est inoffensif c'est presque inoffensif
ça ne touche plus ça glisse
ça passe crème
je t'ai déjà dit neutre mais pas neutre comme rien
quand je dis neutre certains entendent
soldat, uniforme, sans personnalité
certains entendent sans spécificité reconnaissable

certains préfèrent fluide fluide aussi pourquoi pas
mais neutre chimiquement neutre
balle au centre ça n'a rien d'inoffensif
je dis juste qu'il faut choisir une variable d'ajustement
qui soit juste pour chacune
pour chacun un endroit à géométrie variable
qui équilibre toute conversation déséquilibrée
de fait
la conversation est déséquilibrée et le restera
accepter ce préalable
c'est une question de confiance
la position entre nous une géographie une mystique
un imaginaire de cimetières et de forêts
d'autoroutes et de terre retournée
marron marron marron
dans le sept sept dans la Mitidja ce n'est pas la même histoire
ce n'est pas dans le sept sept qu'on se retrouve
alors que tu as grimpé dévalé les pentes
c'est dans un ailleurs souterrain
balle au centre
à nous de décider le centre de la balle.

Le soleil a aveuglé le mec et sa misère est devenue plus grande que la vie de l'autre homme, de l'autre femme qui a aussi serré le poing dans sa poche, la langue dans la bouche serrée comme les poings sur les gueules, les balles qui partent seules, les rues qui ne veulent pas grimper. Des rues qui grimpent au moins ça ajoute de la dramaturgie, ça dit le sang qui frappe dans la tempe et dans les yeux qui voient et qui battent et qui battent le silence, ce truc précieux dans le ventre de ceux que le soleil aveugle.

Voilà, on dirait tout à l'heure, on dirait que j'en reviens de cette ville mignonne qu'on croirait plate qu'on croirait lisse, de cette fenêtre à hauteur de volatiles dont personne n'a su me donner le nom. Une ville où on fait semblant de ne pas lever la tête au ciel et pourtant là aussi le soleil cogne sur la misère des gens qui disent c'est plus pareil, c'est plus le même monde, faut pas croire chez nous aussi c'est dur.
Oui l'écologie faut pas oublier
nos solidarités nos ouvertures
oui le combat les engagements
mais les illuminations de Noël
sa magie ses illusions
le lointain souvenir
l'enfance ça cogne ça percute
une balle est vite partie
un mot est vite parti
faut faire attention avec les mots quand tu vas en face
pas parce que t'es lâche pas parce que t'as trahi
faut faire attention avec les mots
on a que ça voilà et la phrase d'avant ne reviendra pas
perdue la phrase, la séquence
cherche pas à rattraper.

Les pentes, les pentes c'est fait pour que tu connaisses le poids exact de tes pompes de ta sueur, cette ville me l'a appris, c'est un baptême indétrônable les pentes, à la fin t'as juste le souffle pour, tu sais quoi –
balle au centre.
Quand je marche plat je grimpe encore et je dégringole
c'est une éthique
des pentes raides
et voilà
juste le souffle pour ;

)

Ma parole que c'est raide, je jure
trop raide pour mes pompes trop lisses
trop raide pour mes pompes trop chères
180 balles tu sais que ça coûte, une belle paire de TN
180 balles et c'est toute ma fierté que j'ai mise là-dedans
et encore pour que dalle
quand je dévale la pente qui me chauffe les semelles
c'est la faute au baptême ça, c'est la faute au soleil
180 balles que je regarde souffrir avec dedans
mes doigts de pied qui font comme des griffes pour retenir la pente
et mes épaules s'enroulent, elles s'enroulent en des nœuds
quand je pense à ce type qui m'a dit un jour, j'étais môme
qui m'a dit un jour qu'être étranger
c'est avoir les épaules tendues
à force qu'elles s'enroulent
comme les branches d'un arbre
ce type on l'appelait Robert et il disait
qu'être étranger, c'est toujours un truc pour les autres
et c'est toujours s'enrouler les épaules sur soi pour regarder le sol

en se demandant d'abord
si ce sol *est* le sien
et puis en se demandant ensuite
si un jour ce sol *deviendra* le sien
alors moi je l'écoutais
et j'étais môme et j'étais con et j'étais d'accord et j'ai dit oui
parce que ça ne coûte jamais rien, tu sais, de dire oui
rien, nada, quedchi, que dalle
mais dans le fond, je n'y comprenais pas grand-chose
et si je trouvais parfois ce monde salement étrange
je n'avais jamais été à proprement parler
son étranger
parce que né dans un pays qu'on m'avait donné mien
parce que né dans un pays qu'on m'avait promis super
parce que né sur un sol plat qu'on m'avait juré sans histoires
et je n'ai d'ailleurs pas roulé, moi, quand on m'a poussé dans ce monde (et je demande : est-ce que les gens d'ici roulent quand on les pousse dans ce monde ?)
non, je n'ai pas roulé
et je suis même resté là
à deux centimètres de la daronne
lové dans l'ombre de la daronne
parce que je viens d'un pays plat, tu sais
un pays plat avec pour seul horizon les champs de tournesols
et les ZAC et les parkings et les ronds-points et les Atac
voilà tout l'horizon pour moi, un horizon fixe
où rien ne change sinon les ombres
je veux dire, quand on commence à grandir
et que nos ombres s'étirent
quand on est devenus mômes et qu'on va torse nu
comme vont les chiens dans les champs de tournesols
et qu'on est cruels

parce qu'on s'en fout de tout, nous, on a peur de rien
ni nada ni quedchi ni que dalle
c'est qu'on a pas encore 180 balles à foutre dans des TN
alors on a des godasses minables et on a peur de personne
et encore moins du soleil, quand on court
même, on voudrait se le faire
ce foutu soleil qui nous tabasse la gueule
ce foutu soleil qui nous fout la misère
ce foutu soleil qui cogne sur tout le monde
et je jure qu'il n'a qu'à bien se tenir, lui
et surveiller ses arrières, c'est une question numérique
lui tout seul dans tout ce vide et nous tout plein
sur tout ce plat, parce qu'il suffit d'un rien, tu sais
rien qu'un moment d'inattention de sa part
quand viendra le soir, par exemple
quand viendra le soir, c'est les vacances
quand viendra le soir, et qu'on s'emmerde
sur le parking du Atac où les ombres s'allongent
et qu'importe le lieu et qu'importe l'heure
et qu'importe en fait pour
qu'on lui saute à la gorge, le soleil
qu'on lui arrache la tête, qu'on lui fume la gueule
qu'on lui enfonce les yeux, qu'on lui goum la face
qu'on lui fasse la peau en furieux guet-apens
c'est qu'on est comme ça nous, cruels
cruels comme tous ceux d'ici
cruels comme tous ceux de chez moi
cruels comme tous ceux sans histoires
parce que naître sans histoire, tu sais
ça t'enlève bien des poids
et c'est même plus pratique pour courir
du moins c'est ce qu'on croit ou

ce qu'on nous fait croire
et nous on croit comme on court
parce qu'on est mômes, tu sais, du genre cons d'incultes je jure on ne sait pas qu'en vouloir au soleil c'est déjà toute une histoire, non, on ne sait pas, et pour être honnête on s'en fout plutôt pas mal, vu qu'on est puissants et sans t-shirt (à l'époque, on a déjà compris que les puissants ne s'encombrent pas de t-shirt comme ils ne s'encombrent pas d'histoire)
surtout quand on leur a donné 5 balles
et là, justement, on nous a donné 5 balles
voilà 5 balles, on nous dit, mets-les dans tes poches
et fonce sous le soleil et traverse les champs et dépasse la ZAC
et coupe les ronds-points et rentre dans le bourg
et va donc chez l'Arabe
c'est ça qu'on nous dit ; *chez l'Arabe*
et l'Arabe il n'a pas de nom, lui, comme on n'a pas d'histoire
alors, si pour nous l'Arabe ça veut dire la joie, ça veut dire le plaisir, ça veut dire la claque de froid qui te récompense après la course, la tiédeur des néons qui soudainement te calme et les odeurs de tous les fruits du monde qui te montent à la tête, sans oublier la musique, la musique qui s'échappe du poste posé sur le comptoir, ça j'aimais bien la musique, avec les photos d'Oran accrochées sur les murs, jaunies les photos d'Oran, et la tonne de bonbons qui t'attendent dans le tourniquet, les crocodiles et les ours, les guimauves et les flans, les bouches de vampire et les couilles de mammouth, les bananes toutes molles et les escargots goût réglisse, les chewing-gums en rouleaux et les fils de cola qui collent, les kysmaches à la fraise et les anneaux Apollo et les langues de chat et les colliers de perles, sans même parler des œufs au plat qui fondent, des mini-burgers goût plastique, des biberons à la poudre et des têtes brûlées qui t'arrachent ouais, si

pour nous *l'Arabe* ça veut dire tout ça, on sent bien que pour eux, ça veut dire – *autre chose*.

Et je pense à tout ça
mes deux poings dans les poches
mes doigts de pied comme des griffes
comme je pense à cet homme qu'on appelait Robert
mais qui s'appelait en fait Roberto
dans mon pays plat qui perd la boule
dans mon pays plat qui flippe des ombres
dans mon pays plat qui tranche les noms
et coupe la parole.

Il deviendra le sien

[

Tu es venu, le premier venu à la rencontre
et j'ai eu peur de ne pas être là, pas être assez
il faut dire que le terrain est miné il y a des attentes
beaucoup d'attente quand on te fait croire certaines choses
surtout quand t'es môme ça te poursuit loin
loin les voitures qui filent sans s'arrêter
loin les pompes qui glissent et qui ne réparent rien
faut laisser glisser parfois
de toute façon, c'est là aussi que ça se joue
faut résister parfois ou souvent à toi de voir
mais laisser glisser
c'est loin d'être neutre
le soleil de mon enfance était plus doux je crois
pourtant je crois j'ai manqué de beaucoup mais
il était doux ce soleil des années quatre-vingt
il n'y avait pas encore eu de déflagration
ou alors on se rendait pas compte
il y avait eu le séisme et les manifs et puis un jour
la torture
et ça nous a rappelé un autre temps
la torture par les frères

ça nous a explosé à la figure
comme un soleil traître
nos frères comme un soleil
mais qu'il était doux ce soleil des années quatre-vingt
avant la grande déflagration
on dit chez nous :
hchicha talba m3icha حشيشة طالبة معيشة
une herbe qui ne cherche qu'à vivre
je crois qu'on a végété comme des herbes folles et heureuses
on ne nous a rien promis à nous
les héros c'était avant
nous tous des herbes qui dansent et qui crépitent
au gré des saisons
avec dans la tête la fierté sincère des héroïnes
et des grands frères
je suis née d'un peuple orphelin
alors tu vois je m'inquiète toujours d'être
de ne pas être à la bonne place
je m'inquiète de bien accueillir
sur cette terre qui ne m'appartient pas
sur cette terre de devoir
dans cette maison grande, trop grande
pour nos ego d'herbes souvent desséchées
où l'on accueille le bâillon et l'opium
et le bâton et le soleil
grandes ouvertes nos portes elles accueillent
et ceux qui nous aiment et ceux qui ne nous aiment pas
pareil on accueille pareil on parle fort
notre vraie langue c'est le ton c'est l'allure
et puis on fronce les sourcils on les bouscule parfois
les mecs trop grands les mecs trop fiers
parce que derrière nos allures d'herbes insouciantes

semblant que ça ne touche pas
de biais du coin de l'œil nos histoires rentrées
on les aime et on leur cogne dessus les mecs et les nénettes
trop fières comme nous ça nous rappelle trop
nos destins d'herbes qui sèchent
et puis on va vite à l'accolade et on pleure d'avoir bousculé
on cogne avec lui
on voit bien que c'est un mec qui cogne
le mec trop grand qui ne dit pas assez pas encore
qui monte et qui descend qui dévale dans la nuit
dans ses pompes dans sa dignité rentrée
on l'accueille ce mec-là ce Nous qu'on reconnaît
c'est l'allure qui parle
on te juge pas à la pompe Madame Monsieur
– à chacun sa façon de tenir debout –
ni à ta langue précieuse
ou à ton jargon cabossé
l'effondrement ça explose tout
et parfois même les préjugés
balle au centre
parfois on est des humains
qui te regardent dans les yeux
et qui te reconnaissent.

Les corps des peuples s'affaissent, je te crois
les corps des peuples qui ont beaucoup sur le dos
et qui sont fatigués d'en avoir plein le dos
de ne pas toujours savoir dire comment c'est trop
comment ça leur brise l'échine
comment ça les empêche d'être une autoroute lisse
une autoroute qui glisse
qui ne fait pas de ratures sur les yeux des gamins

qui regardent passer et passer et passer
entre une chaîne métallique et une terre surexploitée
tu vois un peu pourquoi on a peur de ne pas être assez
pourquoi on a envie d'être assez et justes
putain qu'on aimerait être justes
quand on en a bouffé de l'injustice sur des générations
et on sait que ce n'est pas possible ; on est bien placés
mais Dieu qu'on aimerait être justes
on a tout un peuple sur le dos tout le temps
le peuple vivant et celui qui a précédé le peuple
je suis née dans un Nous interdépendant
un Nous qui a encore beaucoup de choses à se dire
il y a une grande conversation dans le Nous
une agora grouillante à ranimer les amphithéâtres
grecs et romains et les temples de toutes contrées
le Nous doit parler
avant de laisser les chenilles se risquer à l'ouverture
et puis si la chenille s'ouvre trop vite
eh bien on fait semblant que c'est une tare génétique
le Nous s'en sortira bien sans elle
ouste la chenille, les herbes folles sont des herbes après tout
elles ne cherchent qu'à vivre qu'à se dessécher
qu'à crépiter.

Alors voilà, Nous te parle et parfois la chenille
la chenille qui joue avec la distance de sécurité
qui aimerait bien être papillon et chenille
c'est comme ta langue rentrée dans ton silence
le chant de la chenille
un grand Nous qui répète le concerto d'une vie
entre deux rives.

On ne m'a pas fait de promesses, Marin
je n'avais rien à attendre
et pourtant j'ai attendu
les récits et les légendes transcendent toute tragédie
je suis née de la tragédie mais aussi de la légende
alors moi aussi je crois à la gloire des herbes et des papillons
à la gloire des chenilles précoces
aux malentendus entre nous
à nos allures d'étrangers qui jouent aux anonymes
parce que ça fait du bien de sortir d'un lot
quels que soient le lot la situation
de sortir d'un horizon connu jusqu'à la nausée
un horizon qui bave de redondance
Charleville ou la coquette
jungle des villes ou silence des tracteurs
c'est toujours le matin de trop
personne ne verra à quel point tu es à la marge
tu as beau redresser l'échine
c'est jamais tout à fait plat
un Nous t'habite
un Nous t'interroge
et l'Arabe du coin ma foi
il a bon dos
il a bon dos !

Faut laisser glisser parfois

?

Aux murs
aux murs qu'on était
aux murs qu'on tenait
et même qu'on les tenait bien, les murs
n'allaient pas tomber grâce à nous
et les fils de l'Arabe les tenaient bien aussi
et les filles de l'Arabe les tenaient tout pareil
c'est qu'on avait vu un ange, tu sais, adossés à nos murs
Zidane, les années 90
et nos pères en pleurs, à genoux devant la télé
(il faudrait les faire en peinture ces images-là)
nos pères en pleurs, paumes vers le ciel
les bras en croix, morve au menton
chialant leur amour à Zidane
(ou bien des médaillons, de petits médaillons
à vendre sur les marchés)
c'est qu'ils auraient tout vendu cette année-là
femme, mère, honneur, enfants,
ils auraient tout vendu pour Zidane
ils auraient même troqué leurs silences
et toutes leurs convictions (des petits médaillons

à serrer contre soi) pour tenir juste un instant
dans leurs bras cet ange, lui demander
pardon (des chaînettes à leur cou)
black-blanc-beur, tu sais, on y croyait fort
un pansement sur une prothèse
du citron sur une scarif'
c'est qu'on veut bien croire à tout quand on est dans le silence
parce que les Grecs ont parlé de cavernes et des ombres
de la lumière qui rentre dans une caverne
du manège des ombres
mais les cons de Grecs avaient oublié le silence
pourtant c'est avec lui que tout commence
comme c'est dans lui que tout se termine
parce que le silence, c'est une sorte d'interstice
un trou que l'on promène, un creux qu'on se trimballe
une poche à soi qui loge le poing qui tient le vide
qui cherche le schlass qui s'ouvre d'un geste
pour faire peur à la langue, Samira
et maintenant qu'on est dans les prénoms
(moi je ne dis jamais les prénoms : je les coupe, les écorche
les tranche), maintenant qu'on est dans les prénoms
et qu'on les pose sur la table, sanguinolents sur la table
je voudrais te dire mes pieds, mes pieds qui se recroquevillent
en même temps que ma langue, je les ai sentis tout à l'heure
depuis mon premier pas posé sur cette terre
en descendant de l'avion
un gars est venu me chercher, il m'attend sur le parking
assis dans une belle bagnole du genre BM
bonjour ça va ? on discute
il est désolé pour son français, l'école c'est loin
né dans les années 90, il dit, les années noires
et quand il me dit ça, moi je ne comprends pas

comment des années pourraient être plus noires que les nôtres
– con d'inculte que je suis
alors je lui réponds juste d'accord
et la bagnole démarre
on est sur l'autoroute et les lignes défilent
il y a la Grande Mosquée à ma gauche et la mer à ma droite
mais je ne les regarde pas
trop fasciné que je suis par la télé
une minuscule télé coincée dans le tableau de bord
avec dedans un petit homme fier entouré de trente autres
qui s'approchent de lui et, dans un même mouvement
selon la même pudeur, qui lui glissent des choses à l'oreille
et des billets dans les poches, alors l'homme fier acquiesce
et la musique commence et quand l'homme fier
se met enfin à chanter, sa voix tremble un peu
il leur chante des mots doux, j'y distingue de la tristesse
il leur chante des mots doux, on dirait des prénoms
il leur chante des mots doux avec beaucoup de tristesse
mais aussi autre chose, un truc plus ténu, je crois
un truc comme de la joie, c'est ça
il y a de la tristesse aux consonnes
et de la joie aux voyelles
comme si la tristesse et la joie
avaient enfin trouvé dans sa voix un point de rencontre
la tristesse et la joie sur la même longueur d'onde
alors quand je me penche vers l'avant
pour demander à l'homme des années noires
ce que c'est, il me répond : *on appelle ça du raï*
et bordel, tant de choses mises dans un prénom
j'avais jamais vu ça, c'est un truc incroyable
une histoire de fou, sensation pas possible
donne-leur ton prénom, ils en feront une prière

non j'avais jamais vu ça
alors l'autoroute défile et les prénoms s'enchaînent
et les échangeurs s'étirent en de longues colonnes vertébrales
au-dessus des bagnoles, c'est d'ailleurs étrange
quand on y pense : colonne et colonie
comme si tout ne tenait qu'à ça
et tandis que l'homme des années noires me parle
et que le chanteur de raï chante
moi je n'écoute plus rien
trop absorbé que je suis par mes pieds
mes pieds qui rapetissent, qui s'enfoncent
qui se recroquevillent en même temps que ma langue
c'est qu'ils sont appelés, mes pieds, appelés par la nuit
comme si mes pieds savaient pour moi
savaient le sang et la poussière
savaient le souffle et les rangers
et puis d'un coup
ils ont vingt et un ans, on est en 57
on les met dans des camions bâchés de nuit
ils ont vingt et un ans et les camions se garent directement
sur les voies d'Austerlitz, pour pas qu'on les regarde
parce qu'on a trop honte, ils ont vingt et un ans
et ils sortent des camions, ils enjambent les rails
ils montent dans des trains, dans les trains de la nuit
ouais j'ai senti tout ça
la nuit qui bat dans mes TN trop lisses
je ne saurais pas le dire autrement
la mémoire des pompes
alors c'est là que j'ai compris que
si je suis l'étranger ici
ce n'est pas dans mon dos que ça se passe, moi
mais dans mes pompes trop lisses

qui veulent prendre le moins de place
qui ont peur des dégâts
c'est qu'elles me connaissent, mes pompes
elles connaissent ma sale race
ma lignée de clébards
mon lignage de clebs qui n'a appris qu'à mordre, parce que
moi, tu me donnerais la main que j'en ferais qu'un rognon
tu me donnerais une caresse que j'en ferais une mandale
tu me donnerais une pente que j'en ferais un forage
mais un forage tellement bre-son, à faire pâlir tes années noires
et si tu me donnais ton prénom, Samira
je n'en ferais pas une prière
avec de la tristesse aux voyelles
et de la joie aux consonnes, ça non
tu me donnerais ton prénom, Samira
que j'en ferais
une question
voilà
elle est là mon essence, là mon ADN
fils de pute et descendant de colon
et mes héros à moi, ils avaient de drôles de gueules
des gueules à grimaces pétries par trop de silence
et de quoi ils m'auraient parlé d'ailleurs ?
le 8 mai 45, la France a gagné
le 8 mai 45, on massacre à Sétif
fils de pute et descendant de colon, je jure
et puisqu'on jure, laissons tranquilles les putes
(elles au moins, elles ont un sacré courage
et un précieux savoir-faire)
et si possible, laissons paisibles les mères
(on les a trop fait chialer)
mais le colon, lui

le colon qui sommeille dans les poings
dans les nœuds et les poches et les pompes
le colon bien planqué, le praticien de la gégène
le salaud qui attend dans le corps, bien tapi
dans les interstices du corps, il faut le persécuter, je jure
mais le persécuter suffisamment, le persécuter comme il faut
le persécuter bien correct, qu'il chiale sa mère et donne
son père et son grand-père et tout ce qu'il a de plus cher
mais pas de trop, ça non, qu'on ne fasse pas de martyrs
parce qu'il n'y a rien de plus moche, tu sais
que la complainte du bourreau
le sorrow du boucher
le spleen du colon
le blues de négrier.

Moi mon colon, il était juif et c'était mon grand-père
un de la Goutte-d'Or, un Juif qui toute la guerre s'est planqué
qui s'est planqué le zob quand passaient les Allemands
et comme il était blond, ses frères et sœurs l'envoyaient
justement, voir les Allemands, pour leur demander
des bonbons.

Ne sors surtout pas ton zob, ils lui disaient
ne sors surtout pas ton zob, et même pour pisser
ne sors jamais ton zob à personne
ni aux bons Français ni aux méchants Allemands
ça c'est une règle d'or, *tu comprends ?*
alors mon colon, il s'est planqué le zob pendant toute la guerre
pour chercher des bonbons et à la Libération
il a fait tout le nécessaire pour être un bon Français à son tour
malgré son zob qu'avait connu le shlass
mais être un bon Français, tu sais

c'est devenir bourreau un jour, ça fait partie du *package*
être un bon Français, c'est comme la gégène
un courant électrique qui se propage dans le corps
et qui passe par tous les corps, allant du bourreau
à la victime, de la victime au bourreau, ça n'épargne
personne, et les salauds et les brutes et les bons
et mon grand-père, tout pareil.

Il ne m'a jamais parlé de l'Algérie, tu sais
il ne m'a jamais parlé tout court
ni nada ni quedchi ni que dalle
j'ai fait l'Algérie, c'est tout ce qu'il disait
comme si on pouvait faire un pays
comme si on pouvait faire une pente
et sur ses années d'appelé dans la nuit
il a gardé le silence
ou alors on ne posait pas la question
je veux dire : la bonne question
la faute se porte à plusieurs dans les familles
elle se propage
en tout cas, tout ce que je sais, c'est qu'il est monté un soir
dans un camion bâché de nuit, pour descendre directement
sur les voies d'Austerlitz, rouler jusqu'à Marseille, et après ce
sont les bateaux, la rive, la poussière, le sang, les cris
peut-être, et puis à son retour
il a fermé sa gueule
parce que c'est ça, le prix de la France
je veux dire : se redresser le dos de force
je veux dire : pour devenir un bon Français
je veux dire : un bon Français comme Robert
je veux dire : se rectifier le point d'interrogation
je veux dire : avoir le mal de dos en moins mais le poids

des pompes en plus / je veux dire : ne plus jamais se regarder les pompes et quand même les sentir / je veux dire : sentir la tonne de nuit qu'on se traîne dans ses pompes trop lisses / je veux dire : la tonne de nuit qu'on se porte et qu'importe la pente / je veux dire... merde !

J'avais juré, j'avais promis et juré de jamais le balancer, j'avais promis à mon grand-père de ne jamais l'ouvrir, de garder sa langue toujours dans ma poche, bien au chaud dans ma poche, j'avais promis et juré et une promesse faite au silence, on se doit de la tenir, ça c'est une règle d'or valable partout, dans les ZAC et les villes, j'avais promis et juré et craché et j'ai trahi, c'est la faute à la douane, c'est la faute à la mer, c'est la faute au soleil et la faute est partagée, quand je dévale la pente, que les carlingues me frôlent, quand je dévale la pente et que les ombres s'aggravent, elles fendent la foule comme on fend les hautes herbes avec du Cheb Hasni à fond dans la bagnole et je demande : ce truc dans la voix, cette tristesse aux consonnes et cette joie aux voyelles, cette tristesse et cette joie sur la même longueur d'onde, ce truc incompressible comme le bâtard de soleil, est-ce que c'est ça qui permet de tenir ? je veux dire : ce truc qui dévale à toute vitesse la pente en même temps qu'il la remonte
comme un point de suture.

Il avait onze ans le mien
et il a pris le mur
c'est-à-dire la mer
c'est-à-dire les barbelés
c'est-à-dire les camions bâchés
c'est vertige mon ADN
qui a pris le mur
en 57.

;

J'ai tremblé sur les points de suture je te jure
fallait voir comme j'ai tremblé dix heures debout
à voir les boyaux de la femme dehors dix heures durant
j'ai tremblé de tous les puits qu'on veut laisser fermés
c'est dur de réparer des boyaux tu sais, j'ai tremblé
mon corps se souvient bien des puits où l'on jette les corps
des grottes où l'on enfume les corps
des rues des immeubles où trop de sang a coulé
ça ne s'oublie pas
tu ne l'as pas vécu mais ça ne s'oublie pas
ils sont à vif les boyaux tu sais sur des générations ça s'accumule
les corps se souviennent de tous les murs qu'on tient
les murs des fusillés on les voit encore
les murs tagués de la haine ils sont là aussi
suturer les boyaux dix heures durant tu trembles
c'est toute ta misère que tu examines au microscope
il faut tout débusquer
ça ne se referme pas comme ça une suture
j'en tremble encore si tu savais
les corps qu'on défonce sur une pente ou contre soi-même
faut grimper jusqu'à s'étourdir et alors peut-être

et alors il ne te restera qu'un éclat de lucidité
et alors un genou à terre il te restera juste
de quoi dire ce qui te pend à la langue
la seule chose qui vaille au bout de la pente
ce truc rentré par lequel tout commence.

Ils sont à vif les prénoms
nous serons toujours compris de travers
les coups dans le torse de l'autre
c'est à vif sur le parvis du musée
il reste ça le coup qui cogne de l'Arabe qui cogne
c'est que t'as envie de le donner ce coup
au bout de la pente raide
ça doit partir de là et qu'on en finisse
quelqu'un doit recevoir ce coup et poser un genou à terre
toi aussi est un autre
pas un étranger un autre
pas un étranger ni dans ma bouche ni dans mes yeux.
Chez moi, l'Arabe sait qu'il est arabe et autre chose
mais quand on insulte ses frères l'Arabe qui est autre chose
bien sûr qu'il est un Arabe
chez moi on le paye cher le prénom
alors on te regarde dans les yeux et on le dit le prénom
on t'en invente un parfois comme Roberto
y en a un chez nous qui s'appelait Robert,
un Arabe comme on dit
il revenait parfois dans son village kabyle l'Arabe
ses copains l'appelaient comme ça
et puis nous on l'a appelé d'Robert en roulant bien les *r*
et tu prononces le *d* à la british ça fait The Robert très guttural
et puis il y a Yahia Sénac Mahmoud Eberhardt Nasreddine Dinet
mon père lui était devenu Jeff

tu auras noté que Mahmoud c'est Isabelle
quand t'es une femme faut savoir passer inaperçue
si tu veux voir le monde
parfois neutre c'est la seule façon qui soit.

Dans Marin il y a tout un horizon loin de la mer
comme Zizou comme Omar comme Malik
toi c'est un horizon de beaucoup d'autres toi ça plonge loin
dans les yeux je te le dis on sera souvent compris de travers
c'est dans la pente qu'il faudrait forer le silence
couche après couche il faut forer loin
c'est de l'histoire lointaine on nous dit
on veut bien, nous, en finir de l'histoire lointaine
finir cette foutue suture tranquillement passer à autre chose
mais ça te poursuit les boyaux que tu tords
un jour ça explose comme un volcan napolitain
un volcan islandais imprononçable
tu sauras même plus dans quelle langue lui répondre
tellement il sera imprononçable le volcan
faut forer ma foi donner un bon coup dans le torse
se faire traiter de fils de pute
cogner dans sa fierté mal placée et dans la lâcheté des siens
faut forer et se répéter jusqu'à la nausée.

Des colonnes par centaines par milliers
défilent devant les voitures
où l'on entend Hasni et Matoub, TIF et Aznavour
j'habite seul avec maman disait Djamal Amrani
et tu devinais toujours les larmes
derrière l'air d'opéra ou la chansonnette
un jour on a chanté grec et latin
on a chanté les boyaux de cette terre

et c'est notre langue à nous ce truc
que tu sens dans tes boyaux à toi
sans même comprendre.

Je veux pas te parler de ça à toi l'autre et toi-même
tu sais bien tout ça d'instinct toi
tu sais lui mettre le nez dans sa merde à l'autre
les yeux ouverts dans le noir dans le bleu tu veux le recevoir
ce coup que je veux pas donner pas comme ça
c'est peut-être un autre coup moi que je dois donner
parce que le coup c'est dans le tas
mais c'est aussi un peu chirurgical
je ne devrais pas te parler de ça à toi
tu sais le 8 mai 45 tu cherches tu fores
tu sais Kateb et les exilés de Nouvelle-Calédonie
tu sais Louise Michel qui a frôlé Isabelle et Mahmoud
il était doux notre soleil il a attiré des gens bien
et d'autres gens qui n'ont pas su qu'on était
des gens bien ness mleh ناس ملاح.

Il a le shlass dans la bouche l'Arabe le douk-douk
le corps de l'Arabe parle encore
moi aussi j'ai promis à ma mère de ne rien dire
une femme bien dans une ville paisible de Provence
m'a dit ça un jour
c'est sorti tout seul comme au bout d'une pente
et qu'on peut pas mentir
ça sort tout seul ça commence là avec le sourire gentil
tu sais qu'on ne vous aime pas ?
alors là je deviens l'Arabe et son douk-douk entre les dents
l'algorithme de YouTube m'apporte des nouvelles peu agréables
sur des gamins martyrisés par d'autres gamins

et puis le mec qui dit
pour les Algériens la guerre n'est pas finie ils nous détestent
on a presque un prénom dis-moi et le douk-douk
dans la bouche
et le soleil va vite nous aveugler on va finir
par faire n'importe quoi
alors on pose un genou à terre.

Je te le dis qu'on en finisse les boyaux sortis
ça doit être chirurgical
c'est un magma d'émotions aux accents islandais
ça va bientôt devenir imprononçable.
J'y pense tout le temps moi au corps de l'Arabe,
à ses épaules écrasées
il n'est pas neutre lui, je le reconnais à des kilomètres
entre lui et moi c'est un horizon de désillusions
je pense à lui mon frère les épaules rentrées à l'aube
mon frère ce mec bien qui trimbale des générations de préjugés
ça s'affaisse sur lui le bruit de cette langue rentrée
cette langue qui ne se pose jamais assez
qu'on puisse se les dire toutes ces choses
avant que ça devienne complètement imprononçable.

Ça va cogner là où ça ne mérite pas
ça va nous casser la gueule et il faudra l'accepter.

Tous les jours des gens se réveillent n'importe comment
ils comprennent pas eux pourquoi les boyaux sont sur la table
qu'est-ce qu'ils ont foutu les autres avant ?
Alors tu te prends le coup en plein dans le nez
et tu poses le genou à terre tu dis oui mais chirurgical
on y retourne on prend le coup pour les autres

un petit coup de pente ça nous rendra plus efficaces
pourtant comme Sebti Youcef de son prénom
tu n'as pas fait la guerre mais elle t'a fait
alors tu trembles à chaque rumeur de guerre
à chaque évocation de colonie ça bouillonne
tu te dis que c'est pas fini faut être précis pour une fois
nous on n'a jamais dit à personne
on ne vous aime pas
peut-être que ça va changer, ça va devenir imprononçable
Brel ne nous fera plus pleurer pareil
et la mathématique bleue de Ferré
le gris de Piaf, tout ça deviendra imprononçable
il restera 45 les mères rendues folles de la violence
sur le corps de l'Arabe
qu'il soit arabe n'est pas la question
il s'appelait Kateb de son prénom Yacine
nous on aime les gens en général
on les regarde dans les yeux
on leur invente des prénoms parfois
ils en prennent aussi parfois mais personne les force
on est des gens bien avec beaucoup de démons tu sais.

Ça doit cogner fort
ensuite on passera à la suture.

Grimper

Grimper

Grimper

Grimper
Jusqu'à s'étourdir

+

Ne pas faiblir
Ne pas trahir
Ne pas trembler
c'était sur la corniche, juste avant tout à l'heure
c'était sur la corniche, juste après l'autoroute
il y avait la mer à ma droite et la pente à ma gauche
et la pente m'appelait, tu sais, elle sait faire ce genre de truc
elle t'invite à monter quand t'es au plus mal
comme les gars de chez moi te chuchotent à l'oreille
t'as besoin de quelque chose ?
et bordel, bordel que j'avais besoin de quelque chose
quelque chose comme un shlass un douk-douk ou la came
parce que la came te suture à bas prix, tu sais
de mes années mômes, je n'ai retenu qu'une seule leçon
et c'est celle-là : la came est un baume, elle respire pour toi
elle te fait comme un trou en même temps qu'elle le referme
c'est une respiration de nénuphar et c'est comme une suture
la seule suture possible, même, ou du moins la seule que je connaisse, quand la suture est un ferme-ta-gueule
ferme-la, ferme-la, c'est de l'histoire ancienne
va, va, referme-toi

donc :
il y avait la mer à ma droite et la pente à ma gauche
mais je ne l'ai pas prise tout de suite
parce que de jolies formes volaient dans le ciel
de jolies formes rondes et qui brillent
et moi je suis qu'un con d'inculte, tu sais
j'aime tout ce qui brille
alors je me suis approché, tu vois
je me suis approché du terrain de poussière
où une cinquantaine d'hommes attroupés
tous en ligne ou en cercle
portaient des maillots floqués à la gloire de leurs clubs
PÉTANQUE CLUB BAB-EL-OUED
MOUMEN PÉTANQUE CLUB
sponsorisés par tout un tas d'agences de voyages
alors je me suis approché, tu vois
il y avait la mer juste en face
et la pente dans mon dos
et les hommes chuchotaient en arabe
de la stratégie à prendre
parce que tirer ou pointer, voilà toute une science
et même qu'à un moment ils se sont redressés
pour dire à voix haute et en français : *on est à 12-12*
comme si le français savait mieux dire les points
et les boules volaient et les mots pleuvaient et la mer s'agaçait
et comme j'avais les pompes en vrac et une douleur aux creux
je me suis posé sur un banc, juste pour m'en griller une
alors c'est là que je l'ai vu, le vieux
un vieux mais vraiment vieux, du genre à avoir vécu l'histoire
et, quand il m'a vu, il s'est approché, il s'est penché
il m'a regardé et il a dit :
هل لديك سيجارة لي يا بني؟

en arabe dans le texte
mais le con d'inculte que je suis et qui aime tout ce qui brille
il ne comprend pas l'arabe dans le texte, lui
pour lui c'est juste de l'imprononçable
une langue grave et belle et qui brille
mais de l'imprononçable quand même
alors t'aurais dû voir ma gueule !
et tous ces nœuds dans mon crâne, tous ces plis dans mes poings
tous ces poings dans mes poches quand j'ai pensé c'est bon
le vieux est vieux, il m'a démasqué il m'en veut à mourir
on aurait dit que toute ma personne était contractée comme
un cul alors j'ai serré mes poings encore d'un cran et j'ai
pensé courir mais, j'ai tout simplement dit :
pardon monsieur mais l'arabe, je ne le comprends pas
en français dans le texte.

Là, il m'a regardé
et comme on répéterait à un môme lentement
mais vraiment très, très, très lentement
il a articulé : هل لديك سيجارة لي يا بني؟

Pardon monsieur, mais moi l'arabe, je n'y comprends rien
ni nada ni quedchi ni que dalle – j'ai répondu.

Ici il a paru étonné, mais carrément étonné,
du genre qui découvre la lune
pourtant il ne m'a pas dit *tu sais qu'on ne vous aime pas ?*
ou *pour les Français la guerre n'est pas finie*
ou *ils nous détestent*, non
il m'a simplement dit :

est-ce que tu en aurais une pour moi,

mon fils ?

Alors, comme au ralenti, j'ai cherché dans mes poches
et quand un truc est tombé sur le sol
quand il y a eu un tintement de métal sur le sol
j'ai cru que c'était mon shlass, le méchant
le papillon qui s'ouvre en un geste
mais c'était mon briquet
et je lui ai tendu.

Là il m'a regardé normal, amusé
mais il ne m'a rien demandé
parce que pour lui, si j'étais ici, j'avais forcément une raison
le vieux était suffisamment vieux pour savoir
qu'on ne traverse pas la mer comme ça
sans raison précise dans les bagages
c'est une histoire de logique
pas besoin de science
et il se l'est allumée.

Alors les boules pleuvaient et les points défilaient et la partie
était serrée et, face à la mer, dans le plus grand des calmes
on en a grillé une – et tu sais ce qui m'a fait le plus mal ?
ce qui m'a fêlé le torse ? qui m'a fendu le cœur ?

Qu'il m'appelle *mon fils*.

C'est ça. Parce que dans le fond, j'aurais préféré qu'il me les dise ses horreurs, qu'il me les balance à la gueule ses insultes, les insultes que seule sa langue grave et brillante sait produire, parce qu'il ne faut pas croire, elle en apprend des choses la langue, elle s'adapte, elle se muscle des tortures, et j'aurais voulu qu'il me la jette à la race, cette sale histoire ancienne, qu'il m'explose la tronche avec, qu'il me lacère la peau et qu'il me charcle la face et qu'il ne s'arrête pas là, surtout pas là, qu'il m'enfonce ensuite ses deux vieux poings noueux dans le bide, par à-coups dans le bide, et qu'il les fasse tellement pleuvoir sur mon ventre que ça devienne une averse à faire chialer ma mère, à faire rougir mon grand-père, à me bleuir le corps et qu'il ne s'arrête pas là, toujours pas là, qu'il en profite pour me rentrer dedans, pour me chercher les failles, me creuser les nervures, qu'il en profite pour me tirer les boyaux et les sortir de leur cage, qu'il leur fasse voir du pays, qu'il leur fasse une Sésini, une césarienne de tout ce vide, c'est la complainte du bourreau, c'est le blues du négrier et c'est le raï du colon qui implore qu'on lui mette le nez dans sa merde comme on nous présente tous un jour nos démons lors d'un repas de famille.

On disait ça de mon grand-père, tu sais
qu'il avait ses démons
on disait ça quand il gardait le silence
et ses deux poings dans les poches
assis en bout de table
laisse-le, laisse-le, va
il a ses démons
et moi je savais bien
que ses démons sont des mômes
que ses démons sont des djinns qui voudraient
qu'on les promène de l'autre côté de la rive.

Et puis mon deuxième grand-père
parce qu'on en a deux comme une table a deux bouts
mon deuxième grand-père, il portait des valises

les valises du FLN
et quand il en parlait, il disait simplement :
je portais des valises, comme on va à l'aéroport
ou : *j'hébergeais des gens*
comme si dans son lit il y avait trop de place
ou : *on m'appelait Constantin*
comme un mensonge à la douane
alors moi je dis qu'il faudrait avoir un peu d'absolu
dans toute cette merde, et que les salauds se comportent
en salauds et les brutes en brutes et les bons en bons
pour qu'on y voie plus clair
bordel ! on n'en peut plus de leurs soi-disant complexités
les coups eux, ils n'ont rien de complexe
ils partent du poing et se terminent dans le sang
avec pour seul mérite celui de la franchise.

Alors, si on te dit ça chez moi, Samira.
Si on te dit qu'on ne vous aime pas.
C'est qu'on rêverait la réciproque.

C'est qu'on espere que l'Arabe n'en ait pas fini de la guerre
et qu'il fasse encore le sale boulot à notre place
le sale boulot de la haine, le sale boulot de la rage
le sale boulot de la colère ou mieux :
le sale boulot du pardon
qu'il s'en charge comme on sort les poubelles
parce qu'on ne change pas dans le silence, tu sais
non, on ne change pas, on revêt juste d'autres peaux sur soi
pissantes de sang les peaux et nous tombant dans les basques
alors on voudrait qu'il nous explose à la gueule, l'Arabe, qu'il
nous insulte dans sa langue grave et belle et qui brille et qu'il
nous force enfin à nous regarder dans la glace, bien en face

dans la glace, souriant comme des fous et on fantasme son shlass, son shlass sans manche qui se retournerait enfin contre nous, parce que les salauds retournent toujours sur les lieux de leurs crimes, c'est bien connu, oui on voudrait tout ça et d'autres choses encore, d'autres choses que les mots ne disent pas, d'autres choses que les langues refusent même de dire, toutes sortes d'horreurs qu'on ne saura jamais retranscrire ni en consonnes ni en voyelles, ni en français ni en anglais ni en arabe ni en sanskrit ni en islandais ou qu'importe dans le texte, des choses en chhhh, des choses en krrrrr, des choses en zdraaaaaa, des bruits d'impacts, des failles sismiques, des trucs qui craquent, des mouvements de plaques, des chutes d'icebergs ou le bruit que ça fait quand se touchent entre eux deux fils électriques, c'est ça, des choses comme des râles qu'on n'articule qu'en dernier recours, en s'affaissant sur soi, ouais on voudrait tout ça et n'importe quoi ou pire mais surtout pas qu'il s'en grille une avec nous comme ça
assis tous les deux sur un banc, tranquilles
en regardant la mer,
mon fils.

Ne faiblis pas
Faiblis

Ne tremble pas
Tremble

Ne trahis pas
Trahis

Pas trop tard
Vraiment ? Pas trop tard ?

]

Il est assis face à la mer avec son fils de passage
tous les deux fument c'est paisible
cette pacification-là ne se décrète pas
et pourtant le monde explose la paix semble bien loin
sois sage, ô ma douleur, et tiens-toi plus tranquille
on aimerait avec Baudelaire ressentir un autre spleen
on aimerait que la douleur s'éloigne et que l'esprit soit lucide
père et fils regardent la mer c'est vraiment paisible
pourtant Bab-el-Oued se souvient comme partout
les eaux ont dévalé tout rasé sur leur passage
et les boules qui cognent égrènent les prénoms
Wlidi 3andek garrou ?
Il t'a probablement dit ça dans notre arabe à nous
وليدي عندك ڤارو ؟
trois points sur le ڤ, le clavier ne trouve pas toujours
et ça fait un ga comme gaga
et le ڤارو ça nous rapproche du garrot
comme la juste pression qui dévoile ta veine
comme l'eau dévoile les sédiments de douleur
voilà ce qu'il t'a dit
et puis il est passé d'une langue à l'autre y a pas d'affect

en tout cas ce n'est pas là que l'affect se place
ça ne lui cause pas de problème à lui
ça ne lui fait pas bomber les veines
ça dit le score en français et puis d'autres choses
et la clope est un garrot, en appuyant bien sur le *r*
il ne se dit pas qu'il parle français quand il parle cette langue
elle s'est entortillée en lui
qu'importe qu'on la parle moins ou moins bien
l'homme est vivant il regarde la mer
on peut bien lui refaire l'histoire
lui c'est dans son corps qu'elle s'est entortillée.

Une boule en cogne une autre
à Constantine avec Lionel Martin
nous avons longuement regardé jouer aux boules
à la lyonnaise ils jouaient c'était étonnant
les boules étaient plus grosses
les joueurs prenaient de l'élan c'étaient des mecs bien du coin
ils connaissaient les règles lyonnaises,
aucun n'y avait jamais vécu
plein de mots fusaient en français
juste des mots au bord du Rhummel
les gorges du Rhummel aussi se souviennent
des couches de vies des couches de langues y sont inscrites
c'était étrange et nous deux devions paraître étranges
ainsi debout à les regarder
mais c'était paisible sous les eucalyptus,
à les regarder silencieusement
tout cela s'est un peu glissé dans le saxophone
dans la langue de Lionel
et rien n'était imprononçable
comme cette histoire entortillée où l'on sait

à quel point ça a fait mal
à quel point ça fait mal encore parce que
ce n'est pas juste la guerre
parce que c'est tellement entortillé que ça fait partie de nous
que certaines choses nous touchent pareil
même quand la langue se perd un peu
que d'autres choses que la langue nous touchent pareil
parce que c'est entortillé
et qu'il faudrait faire quelque chose
avant qu'autre chose que la langue ne se perde
parce qu'un jour ça ne nous touchera plus pareil
même si nous possédons la langue
parce qu'il ne restera plus que des gens loin
bien loin de cette histoire
des gens qui n'auront pas vu de leurs yeux pas vécu cet autre temps
des gens qui mettront les traîtres d'un côté
les porteurs de valises de l'autre
des gens qui ne se souviendront pas à quel point
c'était entortillé
à quel point la vie bascule
des gens qui n'auront pas versé vu couler
les larmes de la guerre fratricide
pas entendu le bruit de l'écartèlement.

Ces choses-là ne disparaissent pas, non
il y aura toujours une empreinte lointaine
mais ça deviendra imprononçable
pas à cause des langues qu'on ne comprend pas
mais de celles qu'on aura rendues étrangères
alors la cigarette qu'on grille avec un mec de passage
en regardant la mer
voudra dire autre chose.

Non ce ne sera pas trop tard
personne ne se souviendra du gâchis et ce sera autre chose
autre chose que la rive d'en face encore émue encore intime
on ne vous aime pas ça passe crème même quand ça secoue
ça ne fait pas mal tu sais ça veut dire que les boyaux parlent
que c'est intime que c'est vivant que le silence ne tiendra plus
que ça partira dans tous les sens et qu'il faudra faire face
ce qui fait mal, et ça ne devrait pas, c'est la sœur le fils de passage
qui grille une cigarette face à la mer et que le soleil aveugle
que le soleil cogne et que lui ne voit pas comme c'est entortillé
comme c'est facile de gueuler avec les lâches
et de faire taire les héroïnes.

Elle le sait, elle, la sœur
ce que ça coûte d'être française
quand tu descends de cette histoire
elle sait la place qu'il faut arracher
le sentiment de ne pas compter pareil
la certitude d'être à la marge
et je comprends sa douleur
je crois que je comprends.
Elle sait le vide que ça fait d'être déracinée
quand l'histoire est bancale
quand la géographie d'une langue,
de deux langues,
manque à tes oreilles
et que le silence est bien trop lourd
celui des parents et des aïeux et des autres
et puis elle ne sait pas, la sœur, qu'à vouloir combler le vide
c'est ta langue à toi qu'elle décapite
en cognant ainsi dans la mauvaise direction.

Pourtant, tu en conviens, il n'y a pas de mauvaise direction
pas de mauvaise grille de lecture
elle cherche bien comme il faut comme elle peut
mais c'est ta langue à toi qu'elle décapite.

Pourtant elle vient de loin, une généalogie ta langue
elle ne sait pas encore tout ce qu'elle pourrait lui dire
cette langue qu'elle comprend sans la comprendre
tant à dire sur les récits entortillés
et c'est toi qui prends le coup tu laisses faire
ça ne devrait pas faire mal une sœur qui cherche
les coups des gens qui ne savent pas encore
à quel point c'est entortillé
et qui cherchent comme des brutes
qui éclaboussent tout sur leur passage
je comprends leur colère
je crois que je comprends.

J'aimerais te dire que je n'ai plus de colère
que le temps de la colère est passé
je le connais trop le prix de la colère
je sais à quel point ça empoisonne les vies
les couches de vies
de ceux qui en ont assez.

Parfois j'ai l'esprit lucide
même quand la douleur est intranquille
je ne le prends pas mal
vraiment je ne le prends pas mal
c'est l'Histoire qui est en feu
c'est tout ça qui me préoccupe
ça régurgite ça parle fort

ce sont les récits entortillés qui parlent :
il faut savoir les entendre.

Une boule en cogne une autre
comme le mec a tué Robert dans un duel
et ça a fait que le neveu à naître s'est appelé Robert
et le petit Robert est devenu un dictionnaire
il est à nous le petit Robert tu sais
même s'il descend d'une longue lignée de colons
d'Orléansville
et s'il a écrit une thèse sur les agrumes dans le monde
c'est qu'il était de chez nous Robert
on lui a planté des oranges dans la gorge
irrigué par l'oued Chélif, le petit Robert,
par le Nil d'Afrique du Nord
c'est sur nos terres à Misserghin que le frère Clément
a créé la clémentine
mais de l'aveu des premiers venus
nous n'avons pas attendu les colons
pour cultiver nos jardins nos petits paradis
la Mitidja embaumait déjà d'agrumes et d'autres fruitiers
la Mitidja a vu sa terre retournée
et ses fermes saccagées réinventées
la sueur et le sang se sont entremêlés dans la Mitidja
et dans d'autres vergers
la terre noire c'est parfois la terre fertile
c'est aussi la terre du savoir
mais les années noires c'est encore si frais
c'est les boyaux de la terre qui se lacèrent
c'est la guerre fratricide
la colère qui gagne
c'est l'exil encore.

Je suis allée chercher des orangers dans les archives d'Outre-Mer
j'y ai trouvé des bouts des miens
mon numéro de lectrice porte des zéros et des quatre
ça me ressemble assez
je suis allée à Aix-en-Provence
et c'est des pommes que j'y ai trouvées
les pommes de Paul Cézanne.

Des oranges dans la gorge
Ça pousse très bien
Ça oui ça pousse
Dans la gorge
Des oranges dans la gorge
Ça pousse
Des oranges
Des orages
Dans la gorge
Des orages ça pousse
Des orages dans la gorge.

#

Alors comme ça
ça peint des pommes et des montagnes
et ça se croit malin ? c'est bien
il pourra les peindre autant qu'il veut
ses pommes et ses montagnes
il pourra les peindre en boucle même
en aquarelle, avec de jolies couleurs
pour faire croire à la lumière
qu'il ne comprendra jamais rien
à la pente
rien, nada, quedchi, que dalle
parce que les pommes la subissent
quand la montagne l'ignore
alors que la mer, elle, elle ne lâche rien
donne-lui une pente et tu verras
c'est par marées qu'elle l'effondre
alors il ferait mieux de peindre la mer
ça c'est un vrai défi de peinture
surtout quand on est assis sur un banc face à elle

avec le soleil qui se penche et je te rejoins :
c'est qui qui parle dans ma langue ?
je veux dire, quand j'ouvre la bouche
c'est qui qui parle ?
est-ce que c'est moi ou ma colère ?
est-ce que c'est moi ou c'est la pente ?
est-ce que c'est nous ou bien l'histoire ?
et surtout, pourquoi c'est nous qu'on parle ?
ils sont où les salauds quand il s'agit de porter ses couilles
de se foutre à table ? parce qu'il ne reste plus que nous, là
les chiens-de-la-casse des deux rives, planqués qu'on est
sous la nappe comme des mômes à un repas de famille
on a des lésions plein la peau
et même pas de mots pour les dire
alors ils sont où, les salauds ?
moi je les sens qui frétillent
qui fourmillent sur le bout de ma langue
ils parlent par ma bouche dans leur dialecte à silence
c'est une sensation subtile ça, un truc ténu
un vraiment pas grand-chose, un arrière-goût
métallique, un relent de terre, âpre, amer
souffre-silicium-carbone-charnier
quand je l'ouvre
quand j'agite ma langue pleine de sédiments
et ils voudraient la retenir, tu sais
lui mettre un cran d'arrêt
mais je demande :
qui me l'a foutue dans le gosier
cette langue pleine de terre ?

– attends, il faut bien que ça remonte

et toi c'est qui qui parle quand tu parles dans cette langue ?
j'imagine qu'on te l'a déjà posée cette question
à toi comme à Kateb
mais eux, les bons Français
tous ceux bien à l'aise dans leur langue
est-ce qu'on leur demande, c'est quoi ce truc qui pue la mort
et qui pend sous leur nez et qui schlingue sévère ? non
et ça se contente de beugler, d'agiter des drapeaux
et ça chante à pleine voix en faisant gargarisme
et ça prend son bain de crasse
en se frottant bien le dos
se croyant à la mer
je leur crache à la bouche
je leur crache à la bouche
je leur crache à la bouche et je leur fais boire la tasse
c'est dans la bouche que commencent les guerres
parce que tuer un gars dans le plus grand des silences
ça ouais, on a déjà vu faire (et la sueur scintille le soleil)
mais en tuer mille sans rien dire, ça n'existe pas
ou bien que dans les livres
c'est par la bouche qu'on commence les guerres
et il faudrait que ce soit dans le silence
qu'on termine nos phrases ?
niquez. niquez. niquez-vous.
moi je garde ma colère

– et pardon de ne pas avoir la sagesse du raï

ma colère, elle au moins, elle a ce truc chaud qui passe dans ma gorge quand c'est elle qui parle, ce truc chaud comme une grosse main épaisse qu'on enfoncerait tendrement dans le pelage d'un clébard, on ne fait pas plus chaud qu'elle, c'est

mon bain de crasse à moi
et je l'aime bien
alors tant pis pour les vieux, je veux dire
tous les vieux de ma rive qui ne prennent pas de clope avec toi en regardant la mer, en t'appelant ma fille, tant pis pour eux eux, c'est toute la mer qui devrait leur cracher à la gueule ça leur nettoierait la face, tiens, et en parlant de face, parlons ils n'en ont pas : dis-moi quel risque il y a de se mater une bonne fois pour toutes dans la glace ? de faire le point ?

– aucun

le risque est intérieur, tu sais
tellement intérieur qu'il est lové dans leur ventre, enroulé dans leur ventre, tellement intérieur qu'il s'est emmêlé dans leur cage et qu'il déborde par leur gorge avec leurs mots brillants, coupants, tranchants, dangereux pour la trachée, qu'ils s'étouffent avec, va les cons d'incultes de ma rive, incapables qu'ils sont de se regarder en face
je te leur arracherais la langue moi
j'en ferais pendentif, un petit médaillon de plus
pour rajouter du poids à leur cou
et qu'importe la pente

– attends, je sens que ça remonte

on va leur arracher la langue
nous les mômes sans histoires
on va leur arracher la langue
nous les mômes qui nous retournons sur l'histoire
on est plus à ça près, on va leur arracher la langue
et on fera briller le shlass qui n'a plus de manche

et on rira de les voir danser
parce que la langue, c'est de l'électricité
la nôtre pour dire, la leur pour taire
parce que la langue, c'est à double tranchant
une corde, une chaise, un nœud coulant
alors qu'ils se jettent dans le vide
du pont Burdeau par exemple
et qu'ils gueulent autant qu'ils chutent
et qu'ils gueulent autant qu'ils peuvent
et qu'ils gueulent à chaque étage
et qu'ils crachent le morceau
j'en ai plus rien à foutre

– attends, c'est bon, ça sort

il n'y a pas d'histoire ancienne
on n'enfumera pas les démons de la langue
avec une clope en regardant les vagues
la Méditerranée est un bol et on mange tous dedans
on y mange avec les mains, on y mange le même menu
on y graille la même colère et j'entends
j'entends comme tu sais y mettre des mots dessus, toi
cette colère, des mots tout jolis et tout beaux
et tout bien réfléchis et tout bien soupesés – mais eux ?
eux ? est-ce qu'ils ménagent leurs haines ?
est-ce qu'ils retiennent leurs mots ?
est-ce qu'ils soupèsent quelque chose ?
je viens d'un pays plat, tu sais, plat comme du Cézanne
un pays plat qui se consume de l'intérieur
qui se consume par trop de silence
auto-combustion

– attends, ça ne fait que commencer

je les entends qui parlent patriotisme et peur de l'étranger
c'est à celui qui tient le shlass de savoir où est le manche
je les entends qui parlent frontières ou fil barbelé
c'est à celui qui a tenu le shlass de savoir où il le range
et j'en ai rien à foutre de leurs soi-disant complexités
quand je vois un shlass, moi je sais où il brille
comme je sais qui le tient
et quand je sens l'odeur du sang, je peux te dire avec
certitude que ce n'est pas de la peinture et que c'est là
où se trouve la vie et que c'est la vie qui se barre
et qu'alors c'est la mort
merde, on aura beau faire
il n'y a pas plus grande complexité
le reste c'est rien, R, nada, quedchi, que dalle

– attends un peu, il y en a encore

alors je dis qu'on ne devrait pas porter le poids d'un autre
quand l'autre est parti sans faire son travail
sans boxer ses démons, shadow
sans s'excuser de la charge
et le poids des excuses
tiens, parlons poids des excuses, parlons
les excuses, ça pèse combien ? pardon
combien le poids de ce paquetage ?
ZÉRO, RIEN, R, NADA
QUEDCHI, WALLOU, QUE DALLE
ça pèse que dalle les excuses à celui qui les dit
et ça enlève tout son poids à celui qui les reçoit

plaisir de donner et joie de recevoir, tu connais ?

– comme disent les fleurs

alors mes vieux n'avaient pas les couilles de demander pardon c'est ça j'ai dit, et les mots jamais dits, ça reste coincé entre les dents et ça se bloque dans la gorge, bien calé en travers de la gorge comme le pain qu'on s'enfourne en silence aux repas de famille, et si on ne prend pas garde, si on les laisse faire, ça s'enfonce lentement, très lentement, et ça noircit peu à peu, et ça s'oxyde de rouille, se rubéfiant de colère comme les jolis containers qui attendent sur le port et puis un jour, un jour de marée basse, quand les mouettes tournoient, quand elles dansent en volutes, c'est tellement profond que ça en devient imprononçable, alors ils auraient dû les répéter mille fois, mes vieux, les mots, ils auraient dû y aller et revenir comme on peint des montagnes Sainte-Victoire, au lieu de quoi ils ont foutu leur langue dans leurs creux et leurs creux dans nos poches et mon shlass à la douane

– tu comprends, j'en peux plus de cette stature

et puis un jour, c'était juste avant tout à l'heure
on est assis sur un banc et on jette sa clope, on l'écrase du pied et on ouvre la bouche mais plus rien n'en sort, que le hululement et les vagues, que le hululement des vagues, et on voudrait pouvoir gueuler ou même scier la branche, que la sève suture, alors on rêve à des trucs, des trucs ronds comme des poings à se coller aux lèvres, des trucs ronds comme des billes caressant les gencives, des trucs ronds et brillants crissant sur les molaires ou bien des trucs de pétanque qui, passant sur la langue, taquinant la luette, s'enfonçant

dans la glotte, nous brûleraient le larynx pour frotter la trachée en raclant l'œsophage, c'est ça : des trucs ronds comme des poings qu'on –

Ça va devenir imprononçable

X

Ça éclabousse toute cette colère
y en a partout ça dégouline
je ne sais pas si ça permet de tenir
si ça aide à se regarder bien en face
les coups de shlass les coups de douk-douk
contre soi-même contre la langue
cette terre sur la langue je la sens oh que je la sens
et crois-moi je mords dedans avec délectation
je l'ai payée très cher cette terre avec ses sédiments
je prends tout c'est un grand cru ce sacré foutoir
fécondé par le soleil – le soleil assassin aussi je prends
il a eu raison de tuer l'Arabe Albert, il nous a fait un cadeau.
On me dit que nous sommes trop gentils nous
les Algériens d'Algérie
trop sympas avec Albert et les autres,
qu'on ne connaît pas leur vraie nature
il y a beaucoup de choses qu'on ne connaît pas
mais des gens qui viennent d'ailleurs
et qui nous disent comment penser
ça on connaît.

Il a eu raison Albert de dire ce soleil assassin ness mleh Albert
c'est un mec bien ناس ملاح bien de chez nous
il avait aussi des sédiments de terre sur la langue
fécondé par le soleil Albert
et tout mec bien qu'il était
un mec bien du peuple qui connaissait sa misère
et celle des autres
il a tué, Albert ; il a tué l'Arabe
et en tuant l'Arabe il sait ce qu'il a tué en lui
et puis il n'a pas su dire quand sa mère est morte
sa mère à la langue décapitée
la mère qu'il n'aurait pas voulu voir mourir dans un attentat.
Moi aussi je choisis ma mère
parce que je ne veux pas d'une justice qui tue les mères
et il a bien fait de tuer l'Arabe pour nous dire
qu'on peut être un mec bien
et pas comprendre à quel point on assassine
à quel point le soleil aveugle
c'est cadeau enfonce ça bien dans ta gorge
de Tamanrasset à Dunkerque
et ne va pas croire que j'ai trahi
ne va pas croire que j'ai sauté une frontière
je l'ai payée cher ma terre avec ses sédiments
payée cher cette indépendance
deux siècles que je paye cher et je suis prête à payer encore.

La caricature, je ne veux pas que l'Algérie
soit une caricature pour quiconque
nous l'avons payée assez cher
et Zohra Drif aussi l'a dit, elle a tué des Européens
oui elle a posé des bombes
et l'enfant a perdu sa jambe et l'enfant a demandé des comptes.

À Marseille, cinquante ans après, l'enfant a demandé pourquoi
et Zohra l'a su
mais elle dit qu'on n'avait pas d'autre choix
que nous autres Arabes on ne nous entend pas
même dans cette langue qu'on a payée cher très cher
on ne nous entend pas
et quand on parle trop fort
on nous entend encore moins
et quand on parle bien on n'est pas des vrais Arabes
et quand on est en colère on n'a plus droit de cité.

Le cycle de la violence disait Albert
il a raison on n'en sort pas
il n'y a pas de violence légitime on n'en sort pas
mais Zohra et Djamila et Louisette et les autres
elles auraient répété avec Margaret Atwood
La guerre est ce qui arrive quand la langue échoue
balle au centre
une boule en cogne une autre
dis-moi ce que nous faisons pour que la langue cesse d'échouer
personne ne vit véritablement avec cette violence
tout le monde échoue
on vocifère on gueule on se tait
c'est la colère rentrée et la honte qui tiraillent
je sais très bien qui parle dans ma langue
je les prends toutes
et Kateb Yacine savait et Assia Djebar savait
et Mohammed Dib savait
faudrait les lire un peu
et cesser de demander aux Algériens pourquoi
ils l'ont payé assez cher le pourquoi

et je refuse de répondre à la question
rien nada quedchi wallou que dalle.

Laisse-moi passer ma langue de velours
dans ta crinière de clébard
et laisse-moi te dire que les chiens sont plus nobles que nous
ce truc chaud tu vois il descend de la montagne
et puis il s'enfonce dans la mer
et les morts par centaines par milliers par paquets
je connais moi
hélas je connais et je ne veux pas que tu connaisses
ça me reste dans le ventre dans le nez
et ça grouille dans les sédiments
alors les autres morts ailleurs sur la Terre
les autres morts ailleurs dans l'Histoire je les vois
crois-moi je les vois
et dans le silence de ton grand-père aussi je les vois
et dans la cigarette que tu fumes avec le père de passage
je les vois aussi
ça éclabousse toute cette colère
et j'aimerais te dire qu'elle ne m'appartient pas.

J'ai marché sur la Sainte-Victoire et à la Sainte-Baume
et dans le Vercors j'ai marché j'y peux rien je grimpe partout
mes ancêtres sont de la mer, la montagne est leur résistance
alors je grimpe à me couper le souffle
c'est ainsi que je me décrasse
je grimpe à me racler les plantes
c'est ainsi que je dénoue ma gorge
et de là-haut je vois la mer je sais quel cimetière elle est devenue
de là-haut je la touche des doigts
ses vagues me sont un alphabet

je suis une enfant de la mer je sais qu'on ne la domestique pas
je grimpe dans les creux sur les plateaux
et c'est faussement paisible
l'immeuble-pont sa perspective
les villes qui grimpent et qui plongent dans le bleu
la splendeur à couper le souffle c'est faussement paisible
ça fait mal si tu savais ; de ne pas être à la hauteur.

Une aquarelle de Cézanne, c'est faussement paisible
ça parle aux sédiments des montagnes
comme les pommes parlent aux oranges
comme son Jas-de-Bouffan me parle des racines.
Au Jas je suis allée j'y ai rencontré des langues
une tchaktchouka internationale comme je les aime
une ratatouille
une Allemande m'a parlé du pommier de sa mère
un Italien de la Sicile
nous avons parlé en français
mais le Viêtnam était là et le Japon aussi
il y avait des femmes de Tlemcen des Aurès et de Guinée
une autre m'a dit :
à Tahiti on parle comme ça, c'est ça notre français
et ça m'a fait penser au pizzaïolo d'Alger qui a répondu
à une chaîne d'info de la péninsule *c'est ça notre arabe*
et puis quelqu'un m'a parlé de la distance d'amour
مسافة الحب
j'avoue que je cherche encore à comprendre
les sédiments de cette distance
la distance qui permet l'amour ?

Sur les pentes d'Aix des enfants m'ont parlé arabe
un peu nerveusement

et puis, quand j'ai répondu, ils ont ri un peu gênés beaucoup émus
ils étaient turbulents ils parlaient fort
mais c'était paisible vraiment paisible
l'un d'eux m'a raconté un rêve
un pigeon passait dans le ciel avec, dans son bec,
un drapeau d'Algérie
tout cela n'est pas contradictoire
non faut cesser de voir des contradictions partout
ils m'ont dit : *non on va pas au centre ça va pas madame*
et ça ne voulait pas dire non, je sais,
ça ne voulait pas seulement dire non
ça veut dire ça se construit la confiance
sortir de l'affrontement ça se construit.

À Aix j'ai entendu parler allemand et anglais, j'ai entendu des langues slaves et des langues nordiques j'ai entendu italien souvent et espagnol, brésilien aussi. J'ai trouvé la *lengua* sur les devantures des boutiques des bouches pleines des bouches folles et j'ai lu des vœux de Noël en provençal, j'ai entendu corse et j'ai entendu d'autres langues et chacune et chacun m'ont raconté des histoires peu banales sur les langues parlées et les langues perdues celles qu'on apprend et celles qu'on fuit
on m'a dit *tu sais certains mots ne se traduisent pas*
je sais, les sédiments des mots ça ne se traduit pas
c'est un ailleurs dans lequel on plonge sans protection
et il faut plonger quand l'ailleurs est entortillé en soi
sinon c'est soi qui devient imprononçable
ametchoutcha m'a dit la Corse de l'hôtel,
à ma petite fille, à ma chérie
tu vois ça ne se traduit pas
et ça va très loin dans le cœur ça va très loin dans le corps

c'est sismique la langue ça dit beaucoup c'est un tableau vivant
l'autre m'a dit *moi je ne parle pas alsacien,*
ce qui me bouleverse c'est l'accent de chez moi
et l'accent sait beaucoup de la frontière.

Au musée on m'a dit :
tu sais on est nés ici mais on passe pas les remparts
et je les ai entendus
je les ai entendus j'ai entendu leurs langues rentrées
et je me suis rappelé cette chanson chaouie
إذا بغيت تبغيني *si tu veux vraiment m'aimer.*

Alors j'aurais pu parler de la tavola
de la table qui vient de l'arabe طاولة
j'aurais pu dire cette gentille proximité et le vivre-ensemble
mais je t'entends moi quand tu me dis
qu'on a maltraité le vivre-ensemble
qu'on vous a bassinés escroqués
que vous avez vos fainéants et vos lâches
comme on a nos fainéants et nos lâches
je les vois ces eaux stagnantes qui stagnent
et qui ne savent rien de l'Andalousie
ces eaux stagnantes qui ne savent pas
ce que c'est le véritable échec
l'échec de tous
et qui rêvent d'une Isabelle et de sa reconquête
la colère m'éclabousse et je ne m'en lave pas les mains
parce que moi l'Andalousie j'y crois encore
le vivre-ensemble j'y crois
ce n'est pas pour les fainéants
ce n'est pas pour les lâches
faut sauter sans protection

c'est pas avec les mots faussement doux
que ça se désamorce.

Et pourtant comme je les aime ces aquarelles de Cézanne
si tu savais comme j'ai besoin d'un temps paisible
mais cette colère ne m'est pas étrangère
ni cette autre déflagration dans la langue
je ne m'en lave pas les mains
pourtant de quoi je me mêle
non ils ne se débrouilleront pas entre eux
tout ça ce n'est pas silence et khlass
c'est encore bien plus entortillé que ce qu'on pense
إذا بغيت تبغيني si tu veux vraiment m'aimer
le pardon ça pèse des kilomètres de langues chargées
des sédiments de langues éteintes
tu devras les entendre toutes
si tu veux poser un genou à terre
cherche d'abord la distance d'amour.

Ça pèse combien, le vivre-ensemble ?
Ça pèse combien, les colères rentrées ?
Profondes, les colères, comme nos encolures
Tu sauras jamais, ma parole, faut avancer
Quelques mètres, attends, quelques mètres
Quelques bras, attends, t'y es pas encore
J'y vois plus rien – cherche à tâtons
Je sais pas non plus –
Cherche !

=

Alors Albert a tué l'Arabe et l'Arabe n'avait pas de prénom.
Et comme l'Arabe était trop gentil, il n'a pas su quoi répondre.
Et si Roberto avait mal au dos, c'est qu'on lui avait tranché la
lettre, et quand la bombe de Zohra a défragmenté les corps
d'une grande bourrasque tous les corps
c'est qu'on ne voulait plus l'entendre
c'est qu'il n'y avait plus rien à se dire
c'est que la langue était partie
à la mer sans faire
son travail – OK.

Et avec ça il faudrait qu'on ravale ?
c'est mort.

L'histoire ancienne, tous nos vieux la pleurent
des deux côtés de la rive, chaque soir en cachette
(les vieux font toujours ça en cachette, c'est une affaire de plis)
et si on écoute assez, si on tend suffisamment l'oreille
ça fait comme des chuchots fatigués, des hoquets étouffés
des sanglots étranglés, des gargouillis de fonds marins
que chacun se réprime.

Et quand l'un fume sa clope
l'autre mate le plafond
et quand l'un porte la cicatrice
l'autre contient l'empreinte
des deux côtés ça chiale
et le fil est coupé et la plaie à l'air libre
c'est une plaie fistuleuse, une plaie purulente
que plus rien ne referme : ni la mer ni les mots
ni le temps ni les vagues et la mer est cruelle
cruelle comme quand vient le soir et que la famille se quitte que l'on a mis son manteau et que les insultes se taisent toutes les chaises ont valsé, tout le sang a coulé et si chacun reste en boule des deux côtés de la table, c'est qu'il n'y a plus rien à se dire, rien, rien que les chuchots fatigués les hoquets étouffés, les sanglots étranglés qui résonnent dans l'appart comme des cris ravalés dans un fond de piscine.

Voilà.
Le soleil est tombé.
Il flirtait depuis trop longtemps avec sa limite.

Moi, j'ai grimpé comme je pouvais. J'ai grimpé dans la pente. Je pensais qu'elle m'apaiserait. Tu sais, je croyais à l'effort, la vérité de l'effort. Mais une fois tout en haut, je me suis rendu compte que le plus dur restait encore à venir. La descente. Oui, j'ai vu des ombres s'allonger dans la descente. D'abord celles des bagnoles, elles jouaient à chat avec les fissures, et puis celles des arbres, leurs racines lézardant le bitume. Alors j'aurais juré, juré sur tout ce que j'ai de plus cher, que les ombres changeaient peu à peu de stature : des cicatrices devenant brèches devenant fentes devenant failles. C'est ça. Des failles, comme les rides sur les visages des hommes. L'un avait d'ailleurs perdu la partie, parce qu'il en faut au moins un, et quand il s'est levé, ses épaules semblaient libres. Des failles sur les visages des femmes, aussi, elles revenaient de la fac. Penchées qu'elles étaient vers l'avant, elles avançaient par groupes de quatre, cinq, six, et leurs pieds raclaient le sol parce que le savoir pèse une tonne, et même aux courageuses. Il y avait du raï aussi, du raï s'échappant des fenêtres, et à mesure qu'on les fermait une à une, les voix semblaient soudain plus basses, plus rondes, comme un truc qui parlerait du crépuscule. Alors c'est à ce moment-là que je me suis dit que le soleil, ce foutu soleil qui nous fout la misère, ce foutu soleil qui nous tabasse la gueule, ce foutu soleil qui cogne sur tout le monde et sans nulle distinction, aussi vrai qu'il nous a tapé dessus toute la journée, sur nos peaux et nos nerfs – le soleil a bon dos. Tu sais, j'en ai connu des journées sans soleil. À l'époque on a grandi, on ne traîne plus dans les champs, on a perdu le goût des bonbons et on est plus des mômes. Alors on bosse à l'entrepôt. L'entrepôt c'est sur la ZAC, tout au bout de la ZAC. On attend dans le froid, avec les collègues. À un moment la porte s'ouvre et les néons nous guident dans des allées de marchandises où nos corps rôdent. Les collègues, ils s'appellent peut-être Idir, s'appellent peut-être Michel, s'appellent peut-être Yassin. Je ne sais pas. Ils viennent certainement des cités, peut-être du village ou bien des pavillons. Je ne sais pas non plus. En fait, on a pas le droit de se parler. C'est la règle. *Interdit par la direction*, ils disent. *Question de productivité*, ils rajoutent. Et c'est une règle sale. Alors on avance comme ça, en silence, sans jamais rien se dire, et dans le fond on s'en fout. Tu sais, on a pas besoin de se connaître le prénom ou l'origine quand on partage la galère. Ça je me souviens de l'entrepôt. Même qu'à ce rythme, on y rôderait encore, mais un jour la ZAC ferme.

C'est idiot. C'est comme ça. Il faut alors monter sur Paris, la ville qui fait peur, mais on a pas le choix donc on s'accroche, on s'accroche à l'arrière d'une benne et, planant à quelques centimètres du sol, sautant du marchepied, on atterrit bientôt sur le bitume, le bitume de la ville, la ville qui fait peur, pour vider ses poubelles. Non, je n'oublierai jamais toutes ces merdes. Toutes ces merdes entassées. Toutes ces merdes empilées. Toutes ces merdes à pousser. Et l'odeur ! Mais tu sais, dans le fond, c'est vraiment pas ça le pire. Non le pire, c'est le bordel. Le bordel mécanique. Le bordel de la benne. Le bordel de la ville. Mais si on écoute assez, avec l'habitude, si on tend suffisamment l'oreille, on peut parfois entendre des cris, ils viennent de République. Et si on tourne la tête, on peut apercevoir des manifestants, ils remontent la rue, ils remontent le boulevard, ils crient leurs colères pendant que nous on vide. C'est idiot. C'est comme ça. Et, quand la journée est finie, quand les cris se taisent et quand la ville s'endort, quand le ciel au loin revêt ses teintes de guimauve, c'est mon moment préféré : la ville devient nôtre. Notre à nous. Nous ses princes. Princes de la ville, en voilà une belle récompense. Et on sourirait presque si on n'était pas autant crevés, sur le chemin du retour. Alors, dans l'habitacle, moi je dodeline de la tête pendant que les collègues causent. Ils causent du pays. C'est la fatigue qui fait ça, tu sais, causer du pays. Ils disent toujours *le pays* ou ils disent *le bled* mais dans le fond c'est pareil. Les collègues, ils s'appellent Yacine, s'appellent Rachid, s'appellent Michal, Makara ou Samba et ils disent tous *le pays* ou *le bled*, comme si c'était le même pays, le même bled. Ou plutôt, comme si ça voulait juste dire *pas ce pays-là*, pas ce pays où l'on crève, pas ce pays que l'on vide et où l'on bute son corps à rebours du soleil. Mince, la nuit est tombée. Il commence à faire froid. On se serre alors les

uns contre les autres dans l'habitacle et, comme les mots se font rares, le chauffeur met de la musique. Il monte le son. On écoute Taha, on écoute Hasni, on écoute Keita et tous ceux qui sont partis avant nous pour trouver les bons mots de l'exil. Alors moi, assis sur la banquette, somnolant entre Yacine et Michal, je me demande si je n'ai pas porté toute ma vie et tout au fond de moi un petit bout de ce bled. Je n'ai pas la réponse. Et je sens ma tête qui s'affaisse quand mon corps s'enroule. C'est la faute à la fatigue ça, c'est la faute au périph, c'est la faute à la lune, la faute est partagée et je demande : ça coûte combien le vivre-ensemble ?
et je réponds : ça coûte un bras.

Un bras coincé sous une avalanche de merde
un bras pris sous une montagne de corps
un bras mastiqué par une benne qui digère la ville
un bras broyé par la bêtise et les bombes
parce qu'il y a ceux qui s'abritent d'un parasol
et ceux qui rôdent sous les néons
comme il y a ceux qui graillent et ceux qui vident
c'est une histoire de pente, c'est une histoire de failles
c'est une histoire de fous et ceux qui sont là-haut
bien assis tout en haut de la montagne de corps
quand ils disent *vivre-ensemble*
quand ils combinent ces deux mots-là dans leur bouche
en se raclant bien le palais, les fins gourmets de la langue
quand ils font tournoyer en volutes ces deux mots-là
dans leurs bouches juste pour voir si ça sonne
ils ne veulent pas dire *vivre avec* – non
mais plutôt *vivre à sa place*
et ça veut dire *chacun à sa place*
donc ma tête à l'air libre et mes épaules relâchées

donc mes jambes sans tensions et mes pieds bien ancrés
donc mes pieds sur tes épaules et tes épaules courbées
donc tes mains dans le dos, et ton dos contre le mur
mais surtout, surtout : ferme-ta-gueule
en français dans le texte
parce que c'est ça le vivre-ensemble.

Alors, si les gosses de l'Arabe
l'Arabe de tous les bleds du monde
si les gosses de l'Arabe avaient continué de faire
comme l'Arabe, c'est-à-dire de bien fermer leur gueule
et de courber l'échine, de bien s'hypertrophier
les dorsaux et de s'enrouler les épaules
pour vider les poubelles
oui, si les gosses de l'Arabe avaient oublié le soleil
et accepté les néons, ils n'auraient jamais parlé
de vivre-ensemble, eux
ça n'est pas leur problème
parce que leur vrai problème
c'est quand les gosses de l'Arabe qui sont nés ici
les gosses de l'Arabe de tous les pays du monde
exigent leur part de ville, mais pas la part maudite
ça non, pas la part de nuit, et qu'ils ne chuchotent plus
et qu'ils ne pleurent plus et qu'ils ne sanglotent plus
et qu'ils n'acceptent plus de fixer le sol
et qu'ils gueulent et qu'ils brillent et qu'ils râlent
et qu'ils veulent à leur tour que ça graille
et qu'on leur sorte les poubelles.

Moi aussi, je veux enfin regarder le soleil
et n'avoir que lui à haïr – c'est peut-être ça
que disent les gosses de l'Arabe

dans toutes les langues du monde
et ils ont bien raison
c'est bien là tout le problème, alors
si je sors mon poing de ma poche, comme ça
et si je déplie mon coude pour faire courir mon ombre
et si j'ouvre la main pour que mon shlass qu'on appelle silence
tombe pour dévaler la pente en un tintement
mélodique de métal qui le plonge à la mer
je veux dire :
si l'on doit parler d'amour
ça se fera dans les éboulis, je crois
dans une langue d'éboulis
comme le bruissement d'une main cherchant sous les gravats, comme le raclement d'une paume fouillant dans les décombres, ou comme le frémissement de doigts s'extirpant d'une montagne, ou comme le craquement de phalanges qui, passant sous l'amas de peau et glissant sous les jambes et rentrant dans les plis, se frayant un chemin, deviendrait un truc grouillant d'embranchements et de nerfs, une boule vibrante de tendons et de chair, avec des bras comme des nœuds, des coudes comme des ponts, des ligaments comme des câbles, c'est ça, une boule vibrante qui dézinguerait tout sur son passage et s'enroulerait furieusement en dévalant la rue
en dévorant la pente, en détruisant la ville
en avalant la nuit

– je te vois.

Et alors ?

C'est faussement neutre.

≠

Le clocher sonne je le vois de ma fenêtre
il ne sonne pas l'heure ni la demie
mais toujours quelques minutes avant
pour appeler les fidèles dit le prêtre
c'est bien original le mistral me glace les narines
l'église Saint-Jean-de-Malte fait l'appel
et les volatiles noirs protestent à ma fenêtre va savoir pourquoi
peut-être de mon ignorance à les reconnaître
et le clocher sonne avant l'heure, me ramène à la Valette
à l'obscurité à la lumière dans les toiles du Caravage
à mes voisins d'hôtel qui m'ont questionnée sur l'Algérie
au taxi qui m'a ramenée à la gare avant l'aube
en me disant *c'est triste cette séparation*
vous savez mes parents sont d'Oran
avant de largement réduire le prix de la course
l'Algérie dans les yeux des gens ça dit encore beaucoup
même pour ceux qui n'y ont jamais vécu
souvent leurs yeux disent beaucoup
mais leurs lèvres s'y risquent à peine.

Je te l'ai déjà dit, l'Arabe n'est pas gentil
il y a longtemps qu'il digère sa colère
et s'il paraît un peu mou à offrir des bonbons
c'est qu'il parle à ses drames une génération à la fois
et quand on se réveille sur ses malheurs
qu'on veut lui demander pardon
on continue à le regarder de haut
et à lui dire comment il doit crier fort
si c'est trop fort ou pas assez
lui qui a vu le mec qui a tiré semblant de rien
lui qui avait aussi le soleil dans les yeux le soleil aveugle
il se lève l'Arabe il ne veut plus être la victime de personne
plus envie qu'aucune langue n'entrave ses lèvres
fût-elle celle du tortionnaire
il ne veut pas, l'Arabe qui est arabe et autre chose
que sa force de vie soit anesthésiée paralysée
quand il rêve d'horizons
à sa façon, avec toi il veut donner un coup de shlass
que ce coup soit le dernier
il sait très bien lui pourquoi il a longtemps ravalé sa langue
ravalé sa colère
il sait pourquoi il faut débusquer
tous ceux qui décapitent sa langue
mais aussi mais aussi ceux qui ont de bonnes intentions
des culpabilités affolées
et le soleil dans tout ça il a bon dos.
Chez nous il ne parle presque pas de *dolce vita*
mais d'herbes brûlées de destins asséchés
il parle des démons qui s'additionnent
des luttes qui s'effondrent
du cœur qui en a trop sur le cœur et qui déserte son torse
le soleil c'est tous les matins la claque du destin qui tarde

quand le soleil cogne c'est la misère
une autre misère qui s'abat
elle est plus difficile à voir pour qui vient d'ailleurs,
qui vient du Nord.

Ça coûte un bras le vivre-ensemble je te crois
ça coûte au moins les viscères sur la table
je les ai vues ces viscères sous les néons des sous-sols
ça brûle encore, des narines jusqu'aux nerfs du rachis
ça brûle cette généalogie
cette géologie de l'écrasement.
Le vivre-ensemble, si tu n'y arrives pas,
faut y retourner encore
ça ne disparaît pas comme ça, tu le vois, ça brûle encore
t'as beau raser les prénoms expulser l'Histoire
plus violente elle se réveille à l'autre bout du globe
tout cela qui coule entre nous dans le souterrain
ça parle ça déborde
que le fleuve traverse la ville ou qu'il irrigue ses thermes
la mer se soulève l'eau entre nous partout bouillonne.

Quand une artiste martiniquaise me dit
que la beauté de Paris la rend furieuse
je comprends pourquoi elle est furieuse
et pourquoi je ne le suis plus
toute la place est pour la beauté disait René Char,
je l'ai payée cher mes yeux la réclament
et pourtant je marche en bord de Seine le long du Rhône
et je pense aux Algériens noyés je ne les oublie pas
les ponts défilent je pense à leurs tenues du dimanche
les ponts défilent je pense à leur désir de vie entière
je pense à leur dignité farouche et je suis encore en deuil

je suis l'enfant de ma terre je suis l'enfant du monde
mon universalité n'est pas une coquetterie
elle est née de l'écartèlement
je prends la beauté de Paris et la lumière de Provence
que la faille profonde m'abreuve
que la greffe imposée forcée n'entrave pas nos voix.

Je comprends que tu cognes dans ta langue
dans la généalogie des renoncements
je cogne à mon tour sur les angles trop droits
les certitudes factices
l'écartèlement est ma langue je l'ai reçu en héritage
avec leurs fureurs avec leurs colères
tous ces récits m'appartiennent
les volatiles noirs à ma fenêtre n'annoncent aucun malheur
ils me parlent des yeux hagards des plafonds humides
de tous ces récits étouffés dans les granges et les greniers
des désirs qui meurent entre nos deux rives malmenées
ils me disent les oiseaux de mauvais augure
qui détournent nos silences pour en faire une caricature
ça coûte cher le vivre-ensemble les viscères sur la table
il faut vider son sac et toutes les poubelles
il faut désamorcer tous les discours ; poser un genou à terre
c'est détricoter les machines de guerre
les machines de l'humiliation.

Nous n'avons pas fait la guerre mais elle nous a faits
nous sommes ses enfants c'est en nous qu'elle se réveille
quand la guerre explose ailleurs
et qu'elle nous rappelle à l'ordre
alors oui se regarder en face sortir de la confrontation
alors oui faire un monde où le dos de Roberto

vaut le dos de Djamel vaut le dos de Michel
vaut le dos et le corps et le cœur et la vie
de tout un chacun
mais avant mais avant
le bourreau et la victime
celui qui a jeté la bombe et celui qui a éventré la femme
mais avant mais avant
disséquer les silences
décortiquer les systèmes de la soumission.

Y en a qui ont peur de la colonisation tu sais
dès que le mot colonie apparaît quelque part
leurs orteils se figent dans leurs chaussures
d'un bout à l'autre de la rue c'est pétrifié
mais eux ne déclarent pas leurs orteils figés
ils font mine de rien
makan wallou normal avance
ils ne comprennent pas eux que le coup de shlass
nous libérera tous
qu'il faut poser des mots sur le système colonial
pour enfin en sortir
que la décolonisation et l'indépendance
c'est couche après couche
c'est comme le vivre-ensemble
tu y retournes et tu recommences
c'est génération après génération
et tu cognes sur tes certitudes et sur tes ignorances
ça passe par des nouvelles colères
et par des Martiniquais furieux
parce qu'on voudrait que la beauté vienne avec la justice
la beauté et la justice pour toutes pour tous.

Je dois comprendre à quel endroit le système colonial
continue à nous empoisonner
soixante-deux ans après l'indépendance
tu dois comprendre à quel endroit le système colonial
continue à vous empoisonner
soixante-deux ans après soixante-deux
à quel point ça m'empêche
à quel point ça t'empêche
à quel point ça les empêche
c'est ce marécage-là qui nous lie et qui nous empêche pareil
et ce n'est pas en balayant le vivre-ensemble qui brûle
que ça arrêtera de bouillonner.

Tu sais, j'ai grimpé une dernière fois avant de quitter Aix
j'ai trouvé une pente j'aime les pentes
ça me rend plus lucide
c'est ma façon de cogner sur le silence
j'ai grimpé vers le parc il faisait beau
les archives d'Outre-Mer avaient exposé des photos d'Algérie
juste contre la clôture une Algérie du dix-neuvième siècle
complètement révolue
mon cœur est sorti de son thorax
je n'ai pas pu retenir mes larmes
de cette Algérie perdue qui ne reviendra pas
une femme une petite fille et un homme sont passés
seul lui semblait maghrébin
la petite fille s'arrête près de moi attirée par les images
elle demande *où c'est*
la femme me regarde un peu gênée
fait mine de ne pas être concernée
elle dit à la petite fille *ça doit être le Maroc*
la légende disait pourtant clairement Boussaâda, Algérie

alors je m'accroupis devant la petite fille
je lui parle d'Algérie d'Étienne Dinet et de peinture
je lui raconte pourquoi il s'est aussi appelé Nasreddine
la femme est restée silencieuse pas concernée
plus loin l'homme venait de lire la petite présentation
à l'entrée du parc à dix mètres il a appelé
Nadia ! Nadia ! c'est l'Algérie
et la femme m'a regardée gênée elle est partie sans mot dire
pendant que la petite fille se retournait me regardait
à mesure qu'elle s'éloignait avec Nadia sans doute sa grand-mère
j'ai alors pensé à l'ami qui m'a accueillie un jour à Marseille
en me faisant des recommandations très strictes sur l'alarme
si tu te trompes et que la société de sécurité appelle
tu dis Maroc si tout va bien
tu dis Algérie s'il y a un problème
l'ami était de Sidi-bel-Abbès
je regarde Nadia et la petite s'éloigner
mon cœur se soulève dans son thorax
nous n'avons pas encore touché à l'amour
nous en sommes à chercher la distance
la bonne distance pour l'amour pour le deuil
pour éloigner les silences
nous avons toutes perdu un pays
et nous l'avons perdu plusieurs fois
tout le monde a perdu un pays
crois-moi nous avons perdu notre pays plusieurs fois
il faut disséquer les silences
poser un genou à terre et accomplir nos deuils
il faut poser un genou à terre
et éprouver toutes les distances qui permettent le pardon
ensuite nous parlerons d'amour
le clocher a sonné c'est bientôt l'heure.

Il ne faut pas que la langue échoue

ء

Alors voilà
quand je dévale la pente c'est-à-dire tout à l'heure
quand je dévale la pente qui me racle les pompes
je ne sais pas où je vais, moi, et pour être honnête
je ne sais rien d'ailleurs : rien nada zéro
quedchi wallou que dalle

tout ce que je sais, c'est que j'ai mal partout
dans le dos, à la nuque, aux épaules, la colonne et la langue
quand je pense à la tonne de trucs qu'il faudra qu'on se dise
tellement de trucs par tonnes qu'il me faudrait un forage
mais un forage tellement profond, avec des bras
comme les grues du port
pour enfin les sortir

mais
maintenant qu'on est là
c'est le soir
maintenant qu'on est là
rue Didouche

maintenant que les trottoirs se vident et que les cafés s'illuminent et qu'on se tient tous les deux comme ça, je veux dire, bras ballants, je veux dire, apeurés, je veux dire, plus apeurés et mutiques que deux idiots de gosses effrayés, deux bestioles effarées, deux ombres interdites, ou plutôt, comme deux amis d'enfance qui se seraient pas vus depuis soixante-dix piges et qui se chercheraient dans le blanc des yeux ce petit quelque chose d'autrefois, ce petit quelque chose caché dans le regard, ce petit bout du gosse effrayé, de la bête effarée, de l'ombre interdite

je ne sais plus avec certitude ni
ce que je voulais te dire ni
par où ça commence.

J'aime la rouille. J'aime les ports. J'aime la rouille et les ports et tout ce qui est portuaire. C'est une histoire de brillance. Je viens d'un pays plat tu sais. Et les ZAC et les ports, c'est la même brillance. Mais avec un truc en plus. Comme une odeur de sel. Et moi j'aime bien le sel. Il ne nie rien. Il ne blesse pas non plus. Il dit juste l'endroit de la coupure. Et tu sais, c'est important de dire l'endroit de la coupure. Pardon. Oui, c'est important. Pour ne jamais oublier là où ça fait mal. Pardon pour le retard. Et puis un jour on se baigne et on n'a même plus mal. C'est comme ça. Alors on ne devrait jamais construire une ville à plus de cent mètres du bord. Non, on ne devrait pas. Ça c'est une règle d'or dans les ZAC et les villes. Pour ne jamais oublier ce qui nous écartèle. Pour ne pas perdre de vue les lueurs de l'autre rive

– oui, je te dirais sûrement un truc comme ça.

Et on ira sur la corniche et on sera fatigués
et on prendra une glace, boule citron pour moi
et la lune nous suivra partout parce qu'elle n'aime faire que ça
nous suivre partout où l'on se promène avec son gros œil
de daronne pas d'accord du tout mais aimante quand même
et si on s'assoit sur un banc, elle s'assoit tout pareil
alors peut-être qu'à un moment
si on a suffisamment parlé
– ou pas parlé du tout
les poches vides, une glace
qui fond à la main
face au bordel
des vagues
on se posera.

ي

Voilà c'est ça
ça me prend tout le temps quand je grimpe
ce n'est pas un vertige c'est comme une cascade bien vigoureuse
un truc qui secoue et qui dit *vas-y c'est maintenant*
je grimpe et l'histoire reprend à zéro
à chaque fois recommencer pour qu'à chaque fois
la distance entre les malentendus rétrécisse
pas recommencer comme effacer mais pour poser
tout poser sur la table
et recommencer
avec toi je me tiens comme une idiote de gosse effrayée
tu retournes soixante-dix ans en arrière
et ça fait dix-neuf cent cinquante-quatre
non ce ne fut pas le premier écartèlement
mais un autre inévitable
eux aussi avaient recommencé à zéro
je grimpe avec tout ça dans la tête en désordre
et puis j'ordonne certaines choses dans ma tête
pour chercher comment te dire
tout ce que je ne sais pas ne comprends pas,
tout ce qui me reste coincé

toutes ces choses qui sont inaudibles d'un côté
comme de l'autre
parce qu'il faudrait toujours un pas de côté
toujours recommencer
pour que le *habibi* du marchand d'Aix soit véritablement
un *habibi* doux et ensoleillé
et si la langue échoue alors recommencer.

Il faut libérer les récits des greniers et des granges
il faut libérer les langues de leur poussière de leur honte
de leurs assignations
je ne sais rien mais je ne veux pas passer à côté de l'essentiel.

L'essentiel ? Ne pas faire semblant de rien
alors je regarde les miens dans les yeux
je regarde les tiens dans les yeux
et ces gros câbles souterrains
cette somme de communs et de lianes
cinquante-quatre n'est pas le seul écartèlement
combien de fois reprendre à zéro ?
Quel chemin pour la réparation ?

Il ne faut pas que la langue échoue
et s'il faut pour ça se dire que libérer les autres
c'est libérer soi et les siens
alors il ne faut pas que la langue échoue
la faille est vivante entre nous vivante
entre nous et l'ailleurs lointain elle se prolonge
réparer la faille d'hier la faille qui a migré
poser un doigt sur la faille de l'ailleurs
il ne faut pas que la langue échoue.

Un prénom pour chacun pour que la langue cesse d'échouer
alors cherchons dans les décombres forons dans le silence
je suis une enfant de la mer et j'aime les ponts
c'est une mystique des mers et des fleuves
une succession de ponts c'est comme une pente bien raide
ça coupe le souffle différemment
ça te laisse juste ce qu'il faut pour –

J'aime les ponts ça fait qu'en face c'est proche
qu'en face c'est accessible
ils disent la possibilité d'une mer les ponts
la possibilité des ruisseaux enfouis
et, en eux, la possibilité d'une mémoire inscrite
où nous pourrions puiser encore nous écouter encore
pour que la langue échoue un peu moins
tu sais حشيشة c'est plus précis que ça
ça veut dire brin d'herbe au féminin brindille
dans notre parler nous aimons mettre certains mots
aussi au féminin
comme جنينة petit bout de paradis
alors voilà il y aura toutes ces mémoires qui nous font mal
il y aura le sel de la mer qui empêche toute trahison
nous parlerons d'éboulis et d'autres choses
nous veillerons le silence
la lune notre daronne sera posée à côté
vanille et pistache pour moi
alors enfin des brins d'herbe
qui demandent à vivre
un petit bout de paradis peut-être.

Boule citron pour moi

جنينة

Vanille et pistache pour moi

حشيشة

Ce texte a été écrit au printemps 2024. La correction des dernières épreuves a coïncidé avec le 8 mai 2025. Les auteurs remercient Rozenn Le Bris et Valérie Lengronne d'avoir permis leur rencontre, la Ville d'Aix-en-Provence et l'Institut français d'Algérie pour leurs précieux apports, Sophie Duc pour son audace d'éditrice ainsi que les ami·e·s et les amours, toutes celles et ceux qui les ont accompagnés le long de cette pente, toutes celles et ceux qui la prolongeront aussi. Merci. Merci. Qu'elle coure encore longtemps – malgré les éboulis.

DES MÊMES AUTEURS

Marin Fouqué :

77 (premier prix de L'Île aux livres – salon de l'île de Ré ; prix Coup de cœur du salon Livres en vignes), Actes Sud, 2019 ; Actes Sud audio (lu par l'auteur), 2022 ; Babel n° 1765.

G. A. V. (prix Alain Spiess du deuxième roman), Actes Sud, 2021.

À LA TERRE, XXI Bis, 2023.

Samira Negrouche :

FAIBLESSE N'EST PAS DE DIRE, Éditions Barzakh, 2001.

L'OPÉRA COSMIQUE, Éditions Ikhtilef, 2003 ; réédition Lettres Char-nues, 2003.

À L'OMBRE DE GRENADE, Éditions Marty ; réédition augmentée Lettres Char-nues, 2006.

IRIDIENNE, Éditions Color Gang, 2005.

À CHACUN SA RÉVOLUTION / ME L'HA DETTO RIMABAUD, édition bilingue, La stanza del poeta, 2006.

LE JAZZ DES OLIVIERS, Éditions du Tell, 2010.

QUAND L'AMANDIER REFLEURIRA, anthologie de poètes algériens de langue française établie et présentée par l'autrice, Éditions de l'Amandier, 2012.

SIX ARBRES DE FORTUNE AUTOUR DE MA BAIGNOIRE, Éditions Mazette, 2017.

ALBA ROSA, Éditions Color Gang, 2019.

QUAI 2/1. PARTITION À TROIS ACTES, Éditions Mazette, 2019.

THE OLIVE TREES' JAZZ AND OTHER POEMS, édition bilingue, Pleiades Press, 2020.

TRACES, Éditions Fidel Anthelme X, 2021.

J'HABITE EN MOUVEMENT, anthologie personnelle (2001-2021), Éditions Barzakh, 2023.

STATIONS, Éditions Chèvre-feuille étoilée, 2023.

OUVRAGE RÉALISÉ
PAR L'ATELIER GRAPHIQUE ACTES SUD
REPRODUIT ET ACHEVÉ D'IMPRIMER
EN JUIN 2025
PAR NORMANDIE ROTO IMPRESSION S.A.S.
À LONRAI
POUR LE COMPTE DES ÉDITIONS
ACTES SUD
LE MÉJAN
PLACE NINA-BERBEROVA
13200 ARLES

DÉPÔT LÉGAL
1re ÉDITION : SEPTEMBRE 2025
N° impr. : 2502492
(Imprimé en France)